내 여자친구의
아버지들

내 여자친구의
아버지들

김경욱 소설

문학동네

내 여자친구의 아버지들

어느 무역회사 면접시험장에서 옛 여자친구의 아버지들이 문득 떠오른 데는 그럴 만한 이유가 있었다. 면접관 다섯 모두 중년 사내들인 것부터가 그랬다. 아무개'씨'로 불리기 무섭게 "제겐 꿈이 하나 있습니다"로 시작하는 자기소개가 절로 나올 만큼 취업의 문을 숱하게 두드려왔지만 그런 조합은 처음. 이제껏 내 맞은편에 앉은 사람들로 말하자면 여성이 한둘쯤 섞여 있기 마련이었고, 누가 임원이고 누가 실무자인지 짐작할 수 있을 정도로 나이 차가 확연한 편이었다. 그런데 그날 내가 넥타이로 목을 바짝 죈 채 마주해야 했던 사내들은 엇비슷한 나이로 보이는데다 인생의 모진 시기를 함께 헤쳐온 사람들 특유의 배타적 유대감마저 풍기고 있었다. 고교 동창회나 해병 전우회에라도 내던져진 기분이랄까. 나와 어깨를 나란히 하고 있던 경쟁자들(둘 다 남자였다)의 반응도 이런 느낌에 확신을 더했다. 하나는 얼차려라도 받는 듯 목소리에 얼음 심이 단단히 박혀 있었고, 다른 하나는 말끝마다 "했지 말입니다" 하고 아랫배에 잔뜩 힘을 줬다. 영업직을 뽑는 자리임을 감안해도 별나다는 인상을 지우기 어려웠다.

직업군인이던 두번째 여자친구의 아버지가 맨 먼저 떠오른 것도 그런 분위기 탓이었으리라. 계급은 확실치 않다. 여자친구는 아버지에 관해서만큼은 말을 아꼈다. 어떤 분이냐는 물음에 "별 다는 게 인생의 목표야"라고 퉁명스레 대꾸한 게 전부. '그럼 영관급쯤 되겠군.' 나도 짐작만 할 뿐 더는 묻지 않았고.

꼬치꼬치 물어온 쪽은 오히려 여자친구 아버지였다. 전화기에서 여자친구 대신 웬 카랑카랑한 목소리가 들려오자마자('누구누구 휴대폰입니다'라는 해명은커녕 "네" 한마디가 다였다) 나는 누군지 직감했다. 풀을 먹인 듯 빳빳한 말투 때문이었는지, 휴대폰 주인인 양 구는 태도 탓이었는지 내 귀에는 '소리 아비 되는 사람인데'로 들린 것이다.

잘못 걸었다고 둘러대며 끊을까 싶었지만 이미 "소리 휴대폰 아닙니까?" 하고 반사적으로 대꾸한 뒤였다. "맞는데, 누군가?" 또다시 예상 밖의 반응. 나중에 다시 걸어보라는 식의 응답을 기대했던 나는 어느새 차렷 자세로 이름을 대고 있었다.

이름은 시작에 불과했다. 나이, 학교, 전공, 고향, 가족관계 등등 질문이 쉴새없이 이어졌다. 급기야 부모의 직업에 이르렀을 때는 학년 초마다 작성해야 했던 신상 카드라도 받아든 것 같았다. 장래희망란만 없다 뿐. 하지만 속단은 금물. 신상 카드의 마지막 칸이 존재를 알려오는 데는 '이제 끝인가?' 하는 희망 섞인 짐작이 움틀 만큼의 침묵이면 충분했다.

"꿈이 뭔가?" 카랑카랑한 목소리가 일말의 주저도 없이 물었다. "꾸, 꿈이요?" 초등학교 졸업 이후로 처음 듣는 말이었다. 여자친구 아버지한테 초면에 들을 법한 질문 리스트가 있다면 맨 아랫자리에도 끼질 못할 물음.

내 꿈이 뭐지? 나는 스스로에게 물었다. 경영학도임을 밝힌 터에 초등학생 때처럼 법관이나 의사라고(아버지 앞에서는 법관, 어머니 앞에서는 의사였다) 답할 수도 없는 노릇. 나는 애꿎은 밤하늘만 올려다보았다. 하늘에는 이름 모를 별들이 희미하게 반짝였고, 머릿속에는 '별 다는 게 인생의 목표'라는 말만 비상등처럼 깜박거렸다.

뭔가 부당하다는 느낌이 가슴 밑바닥에서 스멀스멀 피어올랐다. 소리가 아버지에 대해 말을 아낀 까닭을 알 것도 같았다. 때마침 욕실에서 나온 듯한 소리가 휴대폰을 낚아채지 않았다면 '별을 따다 따님께 안기는 게 꿈'이라는 말이 튀어나올 뻔했다.

뜻하지 않은 통화가 그뒤로도 한번 더 있었다. 카랑카랑한 첫마디가 채 끝나기도 전에 전화를 끊고 싶은 마음이 맹렬하게 솟구

쳤지만 이쪽이 누군지 모를 리 없다는 판단에 정중히 알은체했다.

"소리 아버님이시죠?"

"맞는데, 누군가?" 하고 되묻는 말이 곧장 돌아오자 나는 다시 얼어붙지 않을 수 없었다. '내 이름이 떴을 텐데……' 장난일지도 모른다는 가망 없는 생각을 쉽사리 놓지 못한 것은 그만큼 당황스러워서였다.

"기억 안 나세요? 전에 통화한 적 있는데……" 존재를 확인받으려는 필사적 노력에도 불구하고 상대는 내가 누구인지, 몇 살인지, 어느 학교에 다니는지, 전공이 무엇인지를 재차 물어왔다. 전과 똑같은 말투, 동일한 레퍼토리였다. 심지어 순서도 다르지 않았다.

실망도 잠시, 아버지가 뭐하는 사람이냐는 물음에 이르자 휴대폰을 고쳐 쥐지 않을 수 없었다. 다음 질문은 장래희망. 손에 땀이 나고 입안이 바짝 말랐다. 맞다, 시험에 든 기분.

여자친구 아버지란 어려운 존재일 수밖에 없어서 한마디도 흘려듣지 못하게 마련이지만 장래희망을 묻는 질문에 대한 내 반응에는 유난스러운 구석이 있었다. 처음이야 그렇다 쳐도, 두번째는 으레 하는 말이려니 가볍게 넘겨도 됐을 텐데. 따져보면 첫번째 여자친구의 아버지 때문이었다.

그는 나와 여자친구가 다니던 고등학교 수학 선생이었다.

그 사실을 알게 된 순간, 난생처음 잡은 여자친구의 손을 슬며시 놓을 뻔했다. 같은 학교로도 모자라 '살모사'라는 별명을 무슨 훈장인 양 여기는 수학 선생이라니! 내 속내를 읽은 걸까. 윤아는 틈만 나면 살모사, 아니 수학 선생이 실은 얼마나 다정다감한 사람인지 일러주지 못해 안달이었다. "믿기 힘들겠지만, 부녀지간이라는 사실을 비밀에 부친 건 아빠 뜻이었어. 내 학교생활이 불편해진다나." 솔직히 말하면 대부분 믿기 힘들었다. 개중 압권은 이 얘기였다. "아무한테도 말하면 안 돼. 실은 아빠 머리 가발이야."

 딴에는 친근감을 심어주려는 의도였겠지만 효과는 정반대였다. 수학시간 내내 두려운 마음으로 선생의 머리를 흘끔거리지 않을 수 없었고, 팔 대 이 가르마의 촘촘한 가발 안쪽을 상상하다 등줄기가 서늘해지곤 했다. 비밀을 안다는 사실 자체가 두려웠다. 한번은 선생이 눈을 가늘게 뜨며 "나한테 뭐 할말이라도 있어?" 물어왔는데, 정말이지 그대로 숨이 멎는 줄 알았다.

 "우리 만나는 거 수학, 아니 아버님은 모르시지?" 알 수 없는 두려움에 떨던 나는 윤아에게 넌지시 묻지 않을 수 없었다. "왜, 겁나?" 윤아는 내 얼굴을 빤히 들여다보며 반문했다. "겁은 무슨! 네가 불편해질까봐 그렇지." 나는 짐짓 목소리를 높였다. "꼭 아빠처럼 말하네." 윤아가 입꼬리를 끌어올리며 대꾸했다. 그 미소에 힘입어 나는 마침내 속내를 내보일 수 있었다. "우리가 대학 진학할 때까지 모르시는 편이 나을 거야. 괜히 걱정만 하실 테니까."

그날 이후 나는 수학에만 매달렸다. 여자친구 아버지에게 잘 보이고 싶은 마음도 있었으리라. 하지만 웬일이냐며 대견해하는 선생의 눈빛이 못내 부담스러웠던 걸 보면 그게 전부는 아니었다. 이상하게 들릴지 모르지만, 민망스러운 약점을 알고 있다는 사실을, 하나뿐인 딸과 교제하고 있다는 비밀을 들키지 않는 길은 수학 점수를 올리는 방법뿐인 듯했다. 등잔 밑으로 파고드는 한 마리 날벌레처럼, 수학 문제와 씨름하고 있을 때에야 비로소 나는 그 모든 불안과 두려움에서 놓여날 수 있었다.

윤아가 털어놓지 않았다면 수학 선생은 여태 모르고 있으리라. 다 지나간 일이니까. 윤아와 내가 서로의 내면 가장자리에 세워둔 등대는 고등학교 졸업장의 잉크가 마르기도 전에 빛을 잃고 말았다. 고작 두어 번의 말다툼 만에. 인정하고 싶지 않지만, 대학입시에 윤아만 붙고 나는 미끄러진 게 컸다. 가장 자신했던 수학 시험을 망친 탓인지 공식적인 남자친구 자격을 얻는 데 실패했다는 기이한 열패감을 떨칠 수 없었다.

역사는 반복된다던가. 두번째 여자친구의 입에서 "아빠가 한번 보재"라는 말이 나왔을 때는 병무청장 직인이 찍힌 신체검사 통지서를 다시 받아든 기분이었다. 두 번의 우연한 통화가 찜찜했던 까닭을 그제야 알 것 같았다. 그간 휴대폰에 대고 구두로 작성해야 했던 신상 카드에는 병역란이 없었다. 한 번이라면 깜박했으려니 하겠지만 두 번이라면 얘기가 달랐다. 게다가 직업군인 아닌가!

"그, 그래." 마지못해 대답했지만 머릿속 톱니바퀴들은 모종의 저의를 궁리하느라 분주해졌다. 마지막 톱니바퀴가 멎자 수중에는 이런 결론이 떨어졌다. '결정적 카드라 감춰둔 거야. 딸을 내줄지 말지 마음을 정해야 할 날에 대비해.' 이 신화적 시나리오에 깃든 한줄기 빛, 그러니까 소리가 나와의 관계를 진지하게 여기고 있다는 사실조차 내 피가 차갑게 식는 것을 어쩌지 못했다. 상대의 심장을 맛보려는 듯 목구멍 깊숙이 파고들던, 격렬한 키스의 황홀경은 이미 온데간데없었다.

"괜찮겠어?" 소리가 내 안색을 살피며 물었다. "그럼!" 나는 애써 미소를 지어 보이며 대답했다. 하지만 속으로는 직업군인과의 만남을 무산시킬 핑계를 찾고 있었다. 별 다는 게 지상 목표인 사람 앞에서 동네 주민센터를 지켰노라 얘기하는 그림은 인생 계획에 없었으니까.

세번째 여자친구를 기억에서 지우려던 그간의 노력이 수포로 돌아간 것은 면접 막바지에 튀어나온 질문 때문이었다.

"만약 성전환수술을 받는다면 맨 먼저 뭘 하고 싶습니까?"

지원 동기부터 입사 후 포부까지, 뻔한 질문이 이어지는 통에 느슨해진 척추를 바로 세우지 않을 수 없었다. 허를 찔린 기분이었다. 다행히 내 차례는 두번째였다.

목소리에 얼음 심이 박혀 있던 수험생은 선뜻 입을 열지 못했다. 시간을 벌었다며 마냥 좋아할 수만도 없었다. 침묵이 길어질수록 지켜보는 내가 더 초조해졌다. '얼음 심'의 얼굴이며 목덜미에 붉게 번진 열꽃은 강 건너에서 치솟은 불꽃이 아니었다.

나도 모르게 주먹을 꽉 움켜쥐었다. 뭔가를 쥐어짜내려는 것처럼. 그럴싸한 답을 마련하느라 종종거리던 내 마음 한편에 문득 어떤 어두운 그림자 하나가 어른거렸다. 그림자의 정체가 윤곽을 드러낸 것은 마침내 침묵이 깨진 뒤였다.

"여자가 된다면 말씀입니까?"

모든 면접 지침서들이 입을 모아 강조하는 대로 또렷하고 우렁찬 목소리였지만, 당황한 기색을 완전히 감추지는 못했다.

"그럼, 남자겠어?"

면접관 중 하나가 비아냥거리듯 말했다.

"사실은 여잔가보지."

또다른 면접관이 끼어들었다.

순간 맞은편에 진을 치고 앉은 사내들 사이에 아연 어떤 활기가 피어나는 듯했다. 잔을 폭탄처럼 돌리는 술자리에서나 접할 법한 비릿하고 잔혹한 활기.

"그런 게 아니라……"

내 왼편에서 들려오던 기어들어가는 목소리.

"남자도 여자도 아니라고?"

"설마 저 얼굴에 여자겠어?"

"까보기 전에는 모르는 일이지."

먹잇감이라도 발견한 듯 사내들은 수위를 높여갔다. 괜히 내 얼굴이 화끈거렸다.

오래 숨을 참을 때처럼 온몸의 피가 눈알 주위로 몰려든 것은 사내들이 말을 놓고 있다는 사실을 알아차린 순간이었다. 그림자의 정체는 세번째 여자친구의 아버지였다. 이름은 밝히지 않는 편이 낫겠다. 그냥 여자친구라고만 해두자. 헤어진 지 벌써 이 년도 넘었으니 정확히는 전 여자친구지만.

여자친구 아버지와의 대작은 계획에 없던 일이었다. 혼자라기에 택시를 타고 달려갈 때만 해도, 잔디가 양탄자처럼 다듬어진 마당에 발을 들일 때만 해도, 이층으로 난 계단을 따라 줄줄이 걸린 강렬한 색채의 추상화('로' 뭐라는 화가였는데)에 눈길을 빼앗길 때만 해도, 여자친구의 캐노피 침대(로코코풍이라나) 끝에 엉덩이를 걸친 채 방안 가득 밴 장미향을 음미할 때조차 상황이 그런 식으로 돌아갈 줄은 상상도 못했다. 넘치는 재력을 세련되게 뽐내는 우아한 집안 공기가 경계심의 마지막 한 조각마저 벗겨내고 만 것이다. 수수한 차림의 여자친구가, 담배를 사서 피우는 법이 없던 여자친구가 이토록 근사한 세상의 주인공이었다니. 벌어진 입이 다물어지지 않았다.

일이 꼬이기 시작한 것은 난데없이 초인종이 울리면서부터였다. 팬티 바람으로 여자친구 배꼽 앞에 무릎 꿇고 있던 나는 허둥지둥 바지를 꿰다 그만 나동그라지고 말았다. 여자친구는 "누구지, 올 사람 없는데?" 하고 혼잣말을 되뇌며 알몸에 원피스만 걸친 채 방을 나섰다. 나도 아래층으로 내려갔다. 불의의 재난을 당한 사람이 본능적으로 출구를 찾아 달려가듯.

하나뿐인 출구 너머에는, 그러니까 인터폰 화면 속에는 동남아 골프 여행을 떠나 내일이나 귀국한다던 가장이 떡하니 버티고 있었다. "베이비, 잇츠 유어 보스." 혀가 완전히 풀린 채였다.

그때 여자친구 말대로 방에 숨어 있다 몰래 밖으로 나갔다면 어땠을까 지금도 한 번씩 상상해본다. 평소의 나라면 당연히 그랬을 텐데. 그 말이 떨어지기 무섭게 신발을 집어들고 부리나케 계단을 뛰어올라갔을 텐데. 대문 밖 사내가 취한 듯해서? 인자한 교감선생님 같은 인상 때문에? 불과 몇 초 전까지만 해도 속살을 맞대고 있던 상대에게 꽁무니 빼는 모습을 보이기 싫어서? 그래서 용기를 낸 걸까. 전에 없이 호기를 부린 걸까. 이유야 어찌됐든 나는 작전상 후퇴 대신 정면돌파를 택하고 말았다. 그리하여 방콕 어느 골프 클럽의 심벌(두 마리 코끼리가 코를 맞대 골프공을 받들고 있었다)이 금빛으로 번쩍이던 홀인원 기념 트로피와 병마개도 따지 않은 특별 한정판 발렌타인 30년산(역시 금빛이었는데, 금가루가 섞여 있다고 했다)을 사이에 두고 여자친구 아버지와 마주앉게 되었다.

뜻밖에 술자리는 불편하지 않았다. 익히 들어온 대로 그는 '젠

틀'한 사람(꼬박꼬박 나를 '미스터 리'라고 불러주었다)이었고 남국의 풀밭에서 주운 행운 때문인지 기분이 좋아 보였다. 나를 바라보는 시선은 호의적이었고 술을 따라주는 손길에는 깍듯한 구석마저 엿보였다. 불청객의 존재에 역정내면 어쩌나 걱정했던 게 무색할 지경. 나는 받은 술을 다 마시기 전에는 잔을 내려놓지 않는 것으로나마 감사의 마음을 전하지 않을 수 없었다.

무리하지 말라던 여자친구가 스트레이트 한 잔에 얼굴이 벌게져 자리를 뜨자 술잔 비우는 속도는 점점 더 빨라졌다. 초면에 실수하면 안 된다는 다짐 한편에는 상대의 취기를 따라잡아야 한다는 야릇한 조바심도 일었다. 호승심은 아니었다. 여자친구 아버지의 몸에 맞춤 양복처럼 착 감겨 있던 여유, 자신감, 쾌활함, 너그러움은 내 가슴속에 경쟁심보다 선망을 불러일으켰으니까. 기꺼운 마음으로 비위를 맞추고 있었다는 게 증거라면 증거였다. 어쩌면 저 멀리서 반짝이는 불빛이 자아내는 절망감에 곧이곧대로 반응하는 내 머릿속 한구석의 어떤 센서를 마비시키고 싶었는지도 모르겠다.

이윽고 그의 취기를 따라잡았을 때, 아득하기만 하던 불빛은 손을 내밀면 닿을 만큼 가까이 와 있었다. 나로서는 꿈도 꾸지 못할 것들을 한 손에 거머쥔 인생선배가. "홀인원은 가짜야. 트로피는 산 거고"라는 말을 들었을 때도, 우리끼리만의 비밀이라는 듯 눈을 찡긋하는 모습을 보았을 때도 뻔뻔함에 놀라기보다 허물마저 스스럼없이 드러내는 당당함에 매료되었다.

　눈앞의 사내는 온 세상의 왕처럼 느껴졌고, 나는 다스린다는 행위에 따르기 마련인 어떤 어두운 그림자를 남몰래 밟고 서 있는 궁중 광대라도 된 듯했다. 왕의 심장에 귀를 갖다댈 수 있는 유일한 존재. 궁중 광대 눈에는 골퍼 일생에 한 번 찾아올까 말까 할 운마저 돈으로 산, 듣도 보도 못한 사기행각조차 왕의 권좌를 치장하는 화려한 장식으로 보였다.

　왕의 환대는 그게 다가 아니었다. 손짓으로 곁을 허락하더니 친히 이것저것 물어왔다. 두번째 여자친구의 아버지와 크게 다르지 않은 질문들이었지만, 이번에는 답이 술술 나왔다. 맨정신이었다면 단어를 신중하게 골랐을 법한 물음 앞에서도 거침이 없었다. 아버지의 직업을 말해야 했을 때조차 예외는 아니었다. "고향에서 사과 농장을 경영하고 계십니다." 평소 같으면 사과나무를 기른다거나 사과 농사를 짓는다고 했을 텐데.

　"오, 애플!" 여자친구 아버지가 서양 사람들처럼 두 손을 번쩍 치켜들며 반색했다. '앱홀'로도 들리고 '앱플'로도 들리는, 유려한 원어민 발음이었다. "미국 유학 시절 짬만 나면 산을 탔지. 한번은 큰맘먹고 애팔래치아 트레일에 도전했어. 조지아주에서 출발해 메인주까지 북상하는 코스였는데, 노스캐롤라이나주와 버지니아주 경계에서 길을 잃었지 뭔가. 나무가 워낙 빽빽해 대낮에도 어둑어둑하지, 언제 어디서 곰이 튀어나올지 모르지, 식량은 간당

20

간당하지, 꼼짝없이 죽을 수도 있겠구나 싶더라고. 먹을 게 바닥 난 뒤로는 밤마다 손전등을 입에 물고 유서를 고쳐썼다니까. 그러다 어느 순간 의식을 잃고 말았어. 지나가던 밀렵꾼 눈에 띄지 않았다면 지금 이런 얘기도 못하고 있겠지. 애니웨이, 의식을 되찾자마자 젖 먹던 힘까지 쥐어짜내 중얼거렸어. '헝그리, 아임 소 헝그리.' 미스터 리, 그때 밀렵꾼이 배낭에서 꺼낸 게 뭔지 아나?"

"사과였나요?" 나는 얼결에 대답했다. "빙고. 역시 스마트한 친구야!" 여자친구 아버지가 내 허벅지를 지그시 누르며 소리쳤다. 그때만 해도 이상한 느낌은 없었다. '미국 물을 먹어서 제스처도 크구나' 하는 정도.

무용담 아닌 무용담은 계속 이어졌다. "밀렵꾼이 사과를 꺼내 잘게 썰더라고. 처음에는 겨우 사과인가 싶어 실망이 이만저만 아니었지. 곰이라도 통째로 삼킬 지경이었으니까. 하지만 밀렵꾼은 섣불리 뭘 먹었다가는 탈이 날 수도 있겠다 판단한 거였네. 그만큼 몰골이 말이 아니었던 게지. 애니웨이, 입안에 들어온 사과 쪼가리를 우물우물 삼키는데, 세상에 이런 맛이 있었나 싶더라니까. 아, 그 판타스틱한 맛이란!"

순간 나는 움찔하지 않을 수 없었다. 허벅지에 얹혀 있던 손이 사타구니께로 파고드는 게 아닌가. 무심코 움직이다 빚어진 해프닝이라고 말할 수 있다면 좋겠지만 속으로 어, 어, 하는 사이 여자친구 아버지의 손은 어느새 내 성기를 더듬고 있었다. 화들짝 몸을 틀었던가? 손의 주인을 휘둥그레진 눈으로 쳐다보았던가? 그래서 그는 엉큼한 손길을 거둬들였던가?

이튿날 눈을 떴을 때 나는 내 자취방에 누워 있었다. 다른 사람 작품일 리 없는 금빛 토사물을 베개 삼은 채. 누리끼리한 구토의 흔적만 아니었다면 그 모두를 간밤의 꿈으로 돌렸을지도 모르겠다. 직접 당한 일임에도 믿기 힘들었으니까. 머릿속도 엉킨 실타래처럼 뒤죽박죽이었고. 당연히 일의 전후와 디테일은 가물가물할 수밖에. 하지만 허벅지 깊숙이 와닿던 어떤 열기만은 머릿속 실타래가 수습되고 토사물 냄새마저 깨끗이 가시도록 잊히지 않았다. 잊히기는커녕 불에 덴 자리처럼 갈수록 도드라졌다. 일방적인 욕구의 먹잇감이 되었다는 사실도 참기 어려웠지만 어느 누구에게도 하소연할 수 없다는 점이 더 견디기 힘들었다. 물론 그 자리에서 어필했다고 자신할 수 없어 생긴 울분에 비할 바는 아니었다. 그랬다. 자리를 박차고 일어나거나 무슨 짓이냐고 쌍심지를 켜도 장본인은 할말이 없었을 테지만, 어떤 식으로든 불쾌의 뜻을 내비친 기억은 없었다.

여자친구, 아니 전 여자친구에게 연락한 것은 그녀가 다닌다는 (올해 초 입사했다는 소식을 얼마 전 우연히 건너 들었다) 회사 건물 일층 카페에서였다. 그래야 만나줄 것 같았다. 혹여 피하는 눈치면 퇴근길을 지키고 있을 셈이었다.

월 스트리트에 본사를 둔 글로벌 금융 그룹이어서인지 여기저기서 영어로 대화하는 소리가 들려왔다. 무작정 거기까지 찾아간 것은 지금이 아니면 안 된다는 절박함 때문이었다. 한밤의 요의처럼 갑작스럽고 집요한 이 충동에 바짝 곤두선 목덜미의 신경줄이 제자리를 찾고 나면 다시는 마주할 엄두를 내지 못할 것 같았다.

역시나 야근이라는 둥, 할 일이 산더미라는 둥, 이런저런 구실을 늘어놓던 전 여자친구는 '근처'라는 말에 한숨을 내쉬더니 "어디?" 하고 물었다.

나는 기다렸다는 듯 카페 이름을 댔다.

"잠깐만."

전 여자친구의 대답이었다.

잠시 후에 나오겠다는 것인지, 잠깐만 짬을 낼 수 있다는 것인지 아리송했다. 전에도 그런 식이었다. 제 말만 하고 끊어버리는 버릇도 여전했고. 영화나 보러 가자는 전화에 당분간 떨어져 지내보자는 폭탄선언이 돌아왔을 때, 내 입에서 "얼마나?"라는 멍청한 소리가 튀어나온 것도 무리는 아니라는 얘기. 그렇더라도 "왜?"라고 당당히 물었어야 했다. 네 아버지한테 추행당한 것으로도 모자라 너한테마저 이런 대접을 받아야 하는 이유가 뭐냐고.

전 여자친구가 모습을 드러낸 것은 한 시간여 뒤였다. 카페에 들어서고도 한참 두리번거렸다. 흡연실로 곧장 오지 않다니 그녀답지 않았다. 연애 시절에도 흡연 가능한 카페만 고집하던 사람 아닌가.

손을 번쩍 드는데도 쳐다볼 낌새조차 보이지 않자 나는 엉거주춤 일어설 수밖에 없었다.

"거기 있었구나."

나를 발견한 전 여자친구가 미간을 찌푸리며 다가왔다.

"나 담배 끊었어."

"언제?"

놀라운 소식이었다. 내가 아는 최고의 골초였으니까. 기내에서 맞닥뜨려야 할 금단증상이 두려워 미국 어학연수 기회를 포기할 만큼.

나와 그녀를 엮어준 것도 담배였다. 우연히 합석한 술자리가 이튿날 첫차 운행 시각까지 이어지도록 나는 수시로 담배를 챙겨 밖으로 나갔고, 그때마다 그녀가 따라 나와 담배를 얻어 피운 게 시작이었다.

"여기 다니면서부터."

별일 아니라는 투였지만 그녀는 딴사람이 된 것 같았다. 시쳇말로 '고급진' 취향을 변기 물 내리는 순간에도 실감하지 않을 수 없던(희한하게도 금빛 다이얼을 돌리는 식이었다) 이층집을 둘러볼 때조차 의식하지 못한 거리감이었다.

그러고 보니 인상이 달라 보였다. 이목구비가 또렷하면서도 부드러워진 느낌이랄까. 얼굴을 전반적으로 손본 것 같은데 딱히 어디를 어떻게 고쳤는지 콕 집어 말하기는 어려웠다.

"좋아 보인다."

창가에 새로 자리를 잡으며 내가 말했다.

"할말 있다며."

"뭐 마실래? 아메리카노지?"

"됐어. 꼭 해야 할 말이란 게 뭐야?"

"실은, 물어볼 게 있어."

"뭔데?"

"혹시 아버지 때문이야?"

"뭐가?"

"아버지가 나랑 만나지 말라고 했어?"

"그게 궁금해서 여기까지 온 거야?"

어이없다는 투였다.

"실은……"

"본사에 보낼 이메일을 마저 쓰러 가야 해."

전 여자친구는 휴대폰 홈 버튼을 누르며 말했다.

"아, 미국 본사."

"뭔데 그래?"

여전히 휴대폰에 눈길을 둔 채였다.

갑자기 심장박동이 빨라지는 게 느껴졌다.

"이 말은 안 하려고 했는데……"

무시하는 듯한 태도에 욱해서 운은 뗐지만 말을 잇지는 못했다. 가슴 깊이 묻어둔 진실을 테이블 위에 꺼내놓자면 한 집안 가장의 위신이, 굴지의 증권사 임원의 명예가 실추되는 불상사를 피할 도리가 없을 테니. 이제 와서 무슨 소용인가 싶기도 했고.

"시간 없어. 빨리 말해."

전 여자친구가 고개를 들더니 굳은 얼굴로 쏘아붙였다.

순간 입가에 매달려 있던 무거운 추가 떨어져나가는 기분이었다.

한창 좋았을 때조차 귀에 거슬리던, 헤어진 뒤로는 통화 버튼 누르기를 망설이게 하던 히스테릭한 말투만 아니었다면 남세스러운 얘기를 입에 올리는 일은 없었을 것이다. 나한테도 수치스럽지 않다면 거짓말이었으니까.

"가족이니 알고 있어야 할 것 같아서" 하고 나름의 고뇌랄까, 착잡한 심경의 일단을 한번 더 내비치고서야 말을 이어갈 수 있었다. 물론 듣는 쪽 충격을 줄이기 위해 애쓰는 것도 잊지 않았다. 취중이었음을 강조한 점, '성기' 대신 '국부'라고 에둘러 표현한 것은 그런 배려의 일환이었지만 전 여자친구의 얼굴에서 핏기가 가시는 것을 막지는 못했다. 눈의 초점마저 크게 흔들렸다. 입꼬리가 파르르 떨리는 대목에서는 괜한 짐을 지웠나 후회가 밀려들기도 했다. 하지만 나만의 착각이었음이 밝혀지는 데는 그리 오랜 시간이 걸리지 않았다.

"눈치 없는 건 여전하구나."

"무슨 소리야?"

"나랑 끝난 이유가 뭐라고 생각해?"

"그거야……"

대화가 묘한 방향으로 흘러가는 감이 없지 않았지만, 한편으로는 결별의 와중에도 자존심 세우느라 듣지 못한 속내를 확인할 수 있겠다 싶기도 했다. 나는 말꼬리를 의도적으로 흐림으로써, 심중에 옹이처럼 남아 있던 원망 어린 짐작을 꿀꺽 삼키는 방식으로, 당사자에게 직접 해명할 기회를 넘겼다.

"그날 밤 술 먹고 나한테 한 짓 기억 안 나?"

"너한테 한 짓?"

'눈을 떠보니 내 자취방이더라'는 말이 목젖을 간질였지만 일단 얘기를 들어보는 게 순서일 듯했다. 의식의 빛이 꺼져 있던 동안 대체 무슨 사달이 났나 내심 불안하기도 했고.

"이 얘기는 안 하려고 했는데……"

전 여자친구는 물로 목을 축이며 잠시 뜸을 들였다.

"내가 뭘 어쨌는데?"

"자고 있는데 덮쳤잖아. 싫다는데도."

"정말?"

"거짓말이라는 거야?"

전 여자친구가 발끈했다.

"싫다는데도 그랬다고?"

"막무가내로 밀어붙였잖아. 잔뜩 골이 난 사람처럼 씩씩거리면서."

"그래서, 했다고?"

"아래층에서 골프채 들고 달려오게 할 수는 없잖아."

"처음도 아니잖아? 새삼스럽게……"

두들겨맞고만 있을 수는 없었다. 기억에도 없는 행동 때문에 비난받는 게 당혹스럽기도 했다. 막말로 인사불성이었던데다 이미 갈 데까지 간 사이가 아니던가. 하지만 이내 입을 다물어야 했다. 전 여자친구의 반응 때문이었다. 처음에는 경멸인가 싶더니 차츰 냉소의 빛으로 변해갔고, 마침내 내 가슴 한복판에 날카롭게 박힌 것은 격렬한 감정의 파노라마가 휩쓸고 간 자리에 남은 알 수 없는 표정이었다.

"기분이 더러웠어."

전 여자친구가 싸늘한 목소리로 뇌까렸다.

"강간이라도 당했다는 거야?"

나는 버럭 소리치고 말았다.

솔직히 믿기지 않았다. 유실된 기억 탓에 유감스럽게도 백 퍼센트 자신할 수 없는 처지였지만, 내가 그런 짓을 저질렀을 가능성은 제로에 가깝다 해도 과언이 아니었다. 아무리 만취상태였다 해도 바로 아래층에 아비가 두 눈 시퍼렇게 뜬 채 버티고 있는 판국에.

내 얘기에 충격받은 나머지 되는대로 지껄인 걸까. 아비의 묵은 추행을 새삼 까발린 데 대한 보복으로 이 자리에서 지어냈을 수도. 백 보 양보해 비슷한 실랑이가 있었더라도 지금 분위기라면 필경 과장과 왜곡의 유혹을 뿌리치기 힘들었을 터. 어느 쪽이든 공정한 처사로 받아들이기 어려웠다. 대화 도중 벌떡 일어나 등을 보인 것 역시.

혼자 시궁창에 처박힌 기분이었다. 그대로 가만히 앉아 마음을 추스르려 했지만 허사였다. 여기서 대체 뭘 하고 있나 하는 자괴감은 충동적 재회에 대한 후회로 이어졌고, 그 불가해한 충동의 근원을 캐는 상념의 촉수는 급기야 몇 시간 전 치른 면접에까지 미쳤다. 마지막 질문만 무사히 넘겼어도……

"여자가 되어서도 이 회사에 지원할 겁니다"라고 답했을 때 면접관들이 보인 반응이 새삼 눈앞에 어른거렸다. 그저 좋은 인상을 심어주고 싶었을 뿐인데, 남들처럼 직장이라는 곳에 다니고 싶었을 따름인데. 별 거지 같은 질문에도 눈 딱 감고 똥구멍까지 핥아줬건만. 다음 수험생으로 바로 넘어가버리던 면접관들의 얼굴에 떠오른 것은 전 여자친구가 남기고 간 바로 그 표정이었다. 딱하다는 눈빛. 값싼 동정의 기색.

돌연 숨이 턱 막히고 온몸의 피가 사납게 끓어오르기 시작했다.

기분이 더러웠다고? 누가 할 소리. 전 여자친구 아버지가 거시기를 슬그머니 더듬던 순간, "다시 성전환수술을 받겠습니다. 저는 남자인 게 좋지 말입니다"라는 내 오른편 수험생의 대답에 면접관들이 보일 듯 말 듯 고개를 끄덕이던 순간, 언제부턴가 습관처럼 몸에 배어버린 낙담을 곱씹으며 면접장을 뒤로하던 찰나, 누군가의 멱살이라도 잡고 내뱉었어야 할 뜨거운 응어리였다. 욕실 타일까지 이태리에서 날라 온 저 호사스러운 이층집에서 눈떠, 내로라하는 글로벌 금융 그룹(아비 백을 동원했겠지)으로 출근하는 전 여자친구 말고 바로 이 몸이!

"손님, 여기서 이러시면 안 됩니다. 담배는 스모킹 룸에서만 피우실 수 있습니다."

종업원이 못마땅한 기색을 고스란히 드러내며 말했다.

"죄, 죄송합니다."

나는 부랴부랴 스모킹 룸인지, 흡연실인지로 향했다. 이젠 더 볼일도 없고 커피잔도 바닥을 드러낸 마당에 굳이…… 병신같이 손까지 부들부들 떨면서. 그깟 삼류 무역회사 나부랭이가 뭐라고, 앞선 수험생들의 '삽질'을 거울삼아 면접관들의 환심을 산 재수없는 새끼한테 이를 갈면서. 하지만 스모킹 룸에서 담배를 새로 꺼내 불을 붙이며 나는 엉뚱한 의문에 사로잡혔다. 그 뺀질이가 번번이 "했지 말입니다" 하는 식으로 말을 맺은 건 나름 '컨셉'이 아니었을까? 그렇다면 "여기는 드라마 속 군대가 아니지 말입니다"라던 면접관의 응대는 비웃음이 아닌 맞장구였고?

스물아홉번째 면접에 대한 복기가 이쯤에 이르자, 어설프게만 들리던 말본새가 준비된 것이었는지 즉흥적인 것이었는지 따져보지 않을 수 없었다. 딱딱한 분위기를 유행어로 풀어보자는 계산이었다면 역효과의 위험도 만만치 않았을 텐데. 남자들 군대 얘기라면 질색팔색인 여자들도 있으니까. 남성 일색인 면접관을 보고 즉석에서?

햇빛 쨍한 날인데도 어둑어둑하고 퀴퀴하기 짝이 없는, 흡연자를 위한 후미진 공간에 홀로 앉아 담배 연기를 들이마시던 내 가슴속에서 놈에 대한 미움은 어느새 경탄으로 바뀌고 있었다.

양들의 역사

무엇 때문인지 사람들은 나를 일본 사람으로 착각하곤 한다. 외국에서 만난 서양인들은 "재팬?" 하고 확신에 찬 얼굴로 말을 걸어왔고 일본인들조차 주저 없이 자국어로 인사를 건넸다. 이쯤 되면 누구라도 눈을 가늘게 뜬 채 거울 앞에 서지 않을 수 없다.

좁은 이마와 짙은 눈썹 탓에? 날카로운 턱과 덧니 때문에? 글쎄. 혈통에 의심을 품을 만큼 예외적인 얼굴이라 하기는 어려웠다. 생김새보다 헤어스타일, 차림새, 표정, 몸짓 같은 내면화된 문화적 특징들이, 이 모두에서 비롯된 어떤 인상이 오해를 불러일으키는 게 아닐까 싶다. 이를테면 삼 년에 걸친 유학생활이, 원서로 일곱 번이나 읽은 다자이 오사무의 『인간실격』이, 아직도 즐겨 먹는 삿포로식 미소 라멘이, 한 해 대여섯 차례가 넘는 잦은 출장이 몸 어딘가에 그쪽 분위기를 새겨놓았는지 모른다. 그게 아니라면 우리나라 사람들까지 일본말을 건네는 까닭을 나로서는 달리 설명할 길이 없다.

택시에 기대선 채 담배를 피우던 한 사내가 "오하요고자이마스"라고 외쳤을 때도 나는 주위를 두리번거리거나 하지 않았다. 교토 출장에서 돌아오는 길이었고 거래처 사람들과 새벽까지 술잔을 기울인 탓에 한시라도 빨리 집에 가서 쉬고 싶은 생각뿐이었다.

사내는 담배를 재빨리 바닥에 비벼 끄고 다가와 캐리어를 낚아챘다. 눈 깜짝할 새였다. 근처에 세워둔 택시만 아니면 날치기로 오해할 수도 있을 정도였다. 불쾌하지는 않았다. 인사부터 건넨데다 나야 어떤 택시든 상관없었으니까. 정작 사내의 행동에 민감하게 반응한 이들은 앞에서 대기중이던 다른 택시기사들이었다. 하나같이 곱지 않은 시선이었다. 바닥에 가래침을 뱉는 사람도 있었고 "같이 살자, 같이"라고 야유하는 사람도 있었다. 하지만 사내는 아랑곳없이 캐리어를 트렁크에 넣은 뒤 기민한 동작으로 택시에 올라탔다.

"도조요로시쿠(잘 부탁드립니다)."

조수석에 올라타며 나는 여전히 일본 땅인 듯 천연덕스럽게 말했다.

평소 같으면 "한국 사람인데요"라거나 "일본 사람처럼 보이나요?"였을 텐데 나도 모르게 장난기가 발동했다. 끝까지 일본인 행세를 하려던 건 아니었다. 적당히 장단을 맞춰주다 사실을 밝힐 작정이었다. 나를 일본 사람으로 생각한 이유를 들어볼 수도 있을 테고.

솔직히 초보적 인사말이 고작이겠거니 했다. 물론 왕년에 번듯한 일을 했던 사람들도 더러 있을 테고 개중 일본어에 꽤 능통한 축도 없지 않겠지만 사내의 인생에는 펜대 굴리던 시절이 있었을 성싶지 않았다. 군인처럼 짧게 자른 머리, 햇볕에 그을린 얼굴, 대못처럼 단단해 보이는 몸, 그리고 귓등에 끼운 몽당연필. 딴내 나는 일터에서 잔뼈가 굵은 티가 역력했다. 와이셔츠와 넥타이도 인상을 바꾸지는 못했다. 빌려 입은 듯 헐렁한 와이셔츠와 유행 지난 넥타이는 내 추측에 확신만 더할 뿐이었다. 나프탈렌 냄새도 희미하게 풍겨왔다. 입가에 깊게 팬 주름에서는 단순한 일을 반복해온 사람 특유의 자기방어적 고집이 느껴졌다.

"도치라에이랏샤이마스카(어디로 가십니까)?"

의외로 발음이 나쁘지 않았고 말하는 태도마저 자연스러웠다. 하지만 그 정도는 누구나 외우다시피 하는 말이었다.

"킨포쿠코마데오네가이시마스(김포공항까지 부탁드립니다)."

집이 그쪽이긴 했지만 거기 내릴 생각은 아니었다. 목적지 근처에 가면 진짜 행선지를 우리말로 알려줄 작정이었다.

"조토마테쿠다사이(잠깐만요)."

사내는 양해를 구하더니 대시보드에 놓여 있던 클립보드를 집어들었다.

'12:36, 인천공항–김포공항, 日本男 1.'

사내는 연필심에 침을 묻혀가며 운행 일지를 작성했다.

관광객을 자주 태웠다면 그 정도의 표현, 이를테면 거스름돈을 챙기는 동안 건넬 법한 말은 머리 한편에 넣어둘 수도 있었다. 진짜 신경이 쓰인 것은 사내가 적은 한자였다. 그 세 글자를 보고 있자니 왠지 돌아올 수 없는 강에 발을 들이는 기분이었다.

한글로 적었다면 곧바로 오해를 바로잡았을까? 역시 이상한 얘기다. 행선지를 댄데다 미터기 화면 속 말도 달리기 시작했으니 더는 입 열 일이 없겠거니 했다는 편이 말이 된다. 하지만 대화는 그게 끝이 아니었다. 승객이 아닌 말동무라도 옆에 앉힌 듯 사내는 말이 많았다.

사내가 구사하는 일본말은 내 예상을 훨씬 웃도는 수준이었다. 지나치게 격식을 차리는 말투와 잦은 문어적 표현들로 미루어 짐작건대 고리타분한 교재를 붙들고 혼자 더듬더듬 익힌 듯했다. 요령 없는 독학의 한계가 거슬릴 때마다 바로잡아주고 싶어 입이 근질근질했으나 중간에 끊을 수 없었다. 사내의 얘기는 속으로 '진짜?'라고 반문하면서도 계속 귀를 기울이게 만드는 묘한 흡인력이 있었다. 그랬다. 내 주의를 지속적으로 끌어당긴 것은 사내의 일본어 실력이 아니라 들려준 얘기였으니 우리말로 옮겨서 소개하는 편이 낫겠다. 일부 어색한 표현을 자연스럽게 바꿨으나 이야기의 맥락은 건드리지 않았음을 밝혀둔다.

"국내선으로 갈아타시는군요."

공항 진입로를 빠져나오자마자 사내가 말했다.

"네."

"출장 왔습니까?"

양복 차림을 보고 넘겨짚은 모양이었다.

"네."

나는 이번에도 짤막하게 대답했다. 더 캐묻지 않기를 바라면서.

"무슨 일로 왔습니까?"

사내는 운전대만 잡고 있을 생각이 없는 듯했다. 실력 발휘의 기회다 싶었는지도 모르겠다. 한창 일본어가 늘던 시절 나도 지하철이나 고궁에서 일본인으로 보이는 사람이 눈에 띄면 괜히 말을 붙이고 싶었으니까.

나는 선뜻 대답하지 못했다.

사내가 내 쪽을 흘깃 쳐다보았다.

내 머리는 실없는 짓을 이쯤에서 접어야 한다고 말하고 있었다. 하지만 입에서 나온 말은 현지답사차 왔다는 거짓말이었다. 더 놀라운 것은 가슴을 훑고 지나가는 묘한 쾌감이었다.

낯선 느낌은 아니었다. 클럽에서 낯선 여자와 합석할 때도 나는 머릿속에서 만들어낸 인물 행세를 하곤 했다. 시쳇말로 작업을 걸었던 것은 아니다. 환심을 사기 위해서였다면 야구 기록원이 아니라 야구선수, 고시생이 아니라 사법연수원생, 작가지망생이 아니라 신인 작가인 척했겠지. 마이너한 인생의 꽁무니에서 비상등처럼 깜박이는 불운에 흥미를 느끼는 별난 여자들이 걸리는 행운을 마다하지는 않았지만, 그저 다른 인생을 상상하는 것 자체가 나를 흥분시켰다.

특히 가공의 삶을 진짜처럼 만드는 디테일을 지어낼 때가 짜릿했다. 어느 스파이 소설의 표현을 빌리자면 '향신료'를 치는 일이 중요했는데, 이런 식이었다. 안타로 기록할지 실책으로 기록할지 애매할 때는 동전을 던져요. 투신자살하는 사람을 총으로 쏘면 살인일까요 아닐까요? 글을 쓸 때는 첫 문장만 수백 번 고쳐써요. 신춘문예 예심위원들은 첫 문장만 보고 구 할의 원고를 걸러내거든. 귀가 솔깃해질 수밖에 없는 얘기들. 무엇보다 나 자신이 진짜 그 인물인 듯 느끼게 하는 구체적 허구들. 보석처럼 반짝이는 세목을 떠올리고 있노라면 정체를 속이고 살아가는 스파이라도 된 기분이었다. 신분을 감춘 채 결정적 접선을 기다리는 스파이.

내 환상이 누군가에게 피해를 줄 거라고 생각하지는 않았다. 명색이 스파이라면 어쩌다 만난 상대를 다시 찾지 않는 법. 재회의 가능성은 전무했으니 꼬리를 밟힐 염려도 없었다. 내 얘기를 진심으로 들어주는 천진한 눈빛을 보고 있노라면 미안한 마음이 들기도 했다. 하지만 양심의 목소리에 귀를 기울이기에는 음악소리가 너무 컸고 약간의 술값과 상상력만 지불하면 얻을 수 있는 즐거움이 결코 작지 않았다.

"어떤 일을 하십니까?"

"새 여행상품을 개발하러 왔습니다."

양심의 목소리를 잠재울 강한 음악이, 움츠러드는 혀를 북돋을 알코올이 없어도 가공의 인물에 실감을 불어넣는 이력이 술술 나왔다. 실제로 여행사에 근무하고 있으니 아주 허황된 소리도 아니었다.

사실에 바탕을 둔 허구가 전부 그럴듯한 것은 아니지만 그럴듯한 허구는 모두 어느 정도 사실에서 출발한다. 야구 기록원은 어릴 적 꿈이었고 법대에 진학하라는 부모의 압력 속에서 십대를 지나왔으며 언젠가는 독창적인 스파이 소설을 써보리라는 마음도 없지 않았으니, 흐릿한 조명 밑에서 다리를 떨며 즉흥적으로 지어낸 삶들은 이 세계와 나란히 달려가는 어떤 세계에서 또다른 내가 꾸려가는 인생일 수도 있었다. 평행우주 이론이 뭔지는 몰라도, 무심코 내린 선택으로 나를 비껴간 숱한 삶을 상상하다보면 정신이 바늘구멍을 드나들 만큼 날카롭게 집중되는 순간이 있음은 자신 있게 말할 수 있다. 그럴 때면 나는 바늘구멍으로 다른 세상을, 이 광대한 우주의 알려지지 않은 이면을 들여다보는 듯한 기분에 빠져들곤 한다.

"그렇군요."

내심 어떤 여행상품인지 물어봐주기를 바라던 나는 맥이 풀리고 말았다. '한류'를 직접 체험할 수 있는 패키지 상품에 대해 들려줬을 텐데. 새 여행상품 기획은 꼭 해보고 싶은 일이기도 했다. 이번 출장 내내 머릿속에는 그 생각뿐이었다. 대형 체인 호텔 매니저에게 '고객의 소리'를 전달하면서는 여행 테마에 맞춰 숙소를 다각화하는 아이디어를, 단체 식사 메뉴를 점검하면서는 계절에 따라 식당을 바꾸는 발상을 만지작거렸다.

꺼내든 카드가 별로였나? 택시기사라면 관광 쪽에 관심이 없을 리 만무한데. 카드를 너무 빨리 내보인 걸까? 일단 여행사에서 일한다는 정도로 운을 뗐어야 했나? 신발 사이즈까지 캐물을 것처럼 호기심을 감추지 않던 사내의 갑작스러운 태도 변화가 당혹스러울 따름이었다. 무신경한 반응은 일종의 적신호였다. 반전의 카드가 없다면 대화를 접는 편이 나았다. 클럽이었다면 플로어로 나가 새로운 상대를 물색했겠지만 전속력으로 달리는 택시에서는 엉덩이를 들썩일 수조차 없었다.

사내는 어느새 선글라스를 끼고 있었다. 구름 한 점 없는 날씨였으나 눈이 부실 만큼 햇빛이 강하지는 않았다. 더이상의 대화는 없다는 신호일까. 사내는 언제 한담을 나눴냐는 듯 묵묵히 전방만 응시했다.

사내가 다시 입을 연 것은 내가 대시보드 위에 있던 양 모양의 방향제를 바라보고 있을 때였다. 양은 한쪽 눈을 찡긋한 채 차가 달리는 박자에 맞춰 부지런히 고개를 끄덕였다. 특별히 시선을 끌 만한 구석은 없는, 대형마트 자동차용품 코너에 가면 손쉽게 구할 수 있는 물건이었다.

"손녀가 사준 겁니다. 내가 양의 해에 태어났거든요."

"그럼 예순한 살?"

"일흔셋이오."

"정말로요? 그렇게 안 보이는데."

"고맙소."

사내가 선글라스를 벗으며 말했다.

사탕발림으로 한 소리는 아니었다. 실제로 나이보다 젊어 보였다. 주름진 피부와 달리 눈빛이나 목소리에는 세월에 굴하지 않는 꼬장꼬장한 오기가 배어 있었다.

사내는 선글라스를 와이셔츠 주머니에 넣고 말을 이었다.

"죽을 고비를 여러 번 넘겨서 그래요. 죽은 사람들 몫까지 살아야 하니까. 얼마 전에도 저 다리에서 97중 추돌사고로 아홉 명이 죽었소. 안개가 잔뜩 껴서 차창 밖으로 내민 내 손도 안 보이는 날이었지."

사내가 지독한 안개를 헤치고 달리는 것처럼 미간을 찌푸리며 말했다.

저만치 영종대교가 보였다. 그 사고라면 나도 알고 있었다. 당일은 물론 이튿날까지 저녁 뉴스 첫 소식으로 다뤄진 사건이었다.

"그날 공항에서 속이 불편해 화장실을 다녀오느라 손님을 몇 명 놓쳤는데 덕분에 간발의 차로 사고를 피할 수 있었지 뭐요. 바로 앞차까지 추돌을 면치 못했으니 정말 아슬아슬했지."

"큰일날 뻔했네요. 그런데 용케 차를 멈췄네요."

불운의 코앞에서 차를 세웠다는 말이 선뜻 믿기지 않았다. 아무래도 허풍 같았다. 더구나 차창 밖으로 내민 손도 안 보였다는 최악의 안개 속에서.

"실은 피냄새를 맡았다오."

"피냄새요?"

"눅눅한 안개 속에서 피비린내가 훅 끼쳐왔소. 냄새를 맡자마자 브레이크를 꽉 밟으며 미친듯이 경적을 울렸지."

피비린내라니! 말문이 막혔다.

"정작 두려움에 사로잡힌 건 차를 세운 뒤였소. 한 치 앞도 안 보이는 안개 속에서 가만히 앉아 있자니 등골이 서늘했지. 차 밖으로 나갈 수도 없었소. 자살행위나 마찬가지였으니까. 머릿속이 안개가 낀 것처럼 하얘졌지. 눈먼 채 달려오는 뒤차보다 아무것도 할 수 없다는 게 더 무시무시했소."

"그랬겠군요."

"그때 내가 뭘 했는지 아시오?"

"기도를 했나요?"

무엇 때문인지 사내의 얼굴이 눈에 띄게 굳어졌다. 차는 다리에 진입하고 있었다. 극적인 효과를 노리는 것처럼 사내는 잠시 입을 다물었다. 어차피 또다른 허풍이겠거니 싶었지만 궁금하기는 했다.

마침내 사내가 입을 열었다.

"양말을 벗어 둥글게 말아 입에 물었소."

"양말을요?"

"뒤차에 받힌 충격으로 혀를 깨물 수도 있었으니까. 나중에 뒤를 돌아보니까 자동차 정비 기술을 배우러 왔다는 우즈베키스탄 청년도 똑같이 하고 있지 뭐요. 영문도 모르고 무작정 따라 한 거였소. 죽은 사람들한테는 미안한 얘기지만 둘이 마주보며 한참 웃었지. 어쨌든 무사했으니까."

사내의 얼굴이 더 굳어졌다. 아찔했던 순간을 떠올리는 것인지도 몰랐다.

"그랬군요."

양말 얘기에 하마터면 넘어갈 뻔했지만 지나치게 구체적이라는 점이 석연치 않았다. 우즈베키스탄은 몰라도 자동차 정비 기술을 배우러 왔다는 사연까지 언급할 필요는 없었다. 과도한 구체성은 거짓을 감추려는 술책일 때가 많다. 악마는 디테일에 숨어 있다지 않는가. 아침에 눈을 뜬 그레고르 잠자가 벌레로 변한 자신을 발견했다고 하면 충분하다. 군이 배추벌레나 무당벌레라고 말할 필요는 없다. 어떤 벌레인지 궁금해할 사람은 없을 테니까.

내 생각의 톱니바퀴를 멈춰 세운 것은 갑작스레 울린 경적이었다. 앞차가 코앞에 바짝 붙어 있었다. 실상은 택시가 앞차 번호판의 흠집을 식별할 수 있을 만큼 바투 다가선 것이었다. 그럼에도 사내는 앞차를 밀어붙이듯 경적을 다시 울렸다.

사내는 힘줄이 불거진 목을 앞으로 쭉 내민 채 앞차를 노려보고 있었다. 뭔가에 쫓기는 사람 같았다.

"그런데 일본 사람들도 띠를 챙기던가요?"

내 시선을 느꼈는지 사내가 화제를 돌렸다.

예기치 못한 질문이었다. 사내의 나이를 너무 빨리 떠올린 것은 나도 같은 양띠이기 때문이었다.

전에도 그랬다. 상대에 대해 모르기는 이쪽도 마찬가지여서 꼬투리를 잡힐 위험에서 자유로울 수 없었다. 한번은 그린란드에 가본 척 떠들다 뽈고래 사냥에 관한 질문을 받고 당황한 나머지 횡설수설하고 말았다. 물론 나는 역설적인 이름으로 불리는 얼음의 땅에 발을 들인 적도, 별난 명칭을 가진 종에 대해 들어본 적도 없었다. 군이 극지 여행 전문가를 자처한 것은 어지간한 곳은 가본 사람들이 많으리라는 우려 때문이었는데 상대가 하필 극지 여행광일 줄이야.

그 장면을 떠올리면 지금도 얼굴이 홧홧해지지만 덕분에 얻은 교훈도 있다. 첫째, 너무 특이한 직업은 피하라. 외통수에 걸리는 수가 있다. 어느 소설 작법 책에 적힌 대로 소재주의를 경계해야 한다. 독창성은 새로운 것이 아니라 익숙한 것을 남다르게 바라보는 관점에서 비롯된다. 옳은 말씀. 둘째, 가급적 말을 아끼라. 부주의한 한마디에 공든 탑이 무너질 수 있다. 앞의 책에 따르면 플롯이란 무엇을 말하는가보다 무엇을 말하지 않는가의 문제가 아니던가. 아무렴. 그런데 여기에는 예외 조항이 있다. 지금처럼 이것인지 저것인지 택해야 하는 경우라면 침묵은 오히려 최악의 선택.

"네."

확실치 않았지만, 어쩌면 그 때문에 나는 힘주어 대답했다. 전에 읽은 스파이 소설의 한 대목을 되새기면서. 떠보기 위해 던지는 질문에는 머뭇거리면 안 된다. 때로 모순이 모호함보다 낫다. 어쨌거나 내 입으로 진실을 밝히기 전에 정체가 들통나는 재미없는 상황은 피하고 싶었다.

"다리라는 게 생각하면 참 무서워. 비상시 옆으로 샐 수도 없고."

사내가 사이드미러를 쳐다보며 중얼거렸다.

나도 사이드미러를 들여다보았다. 영종대교의 주탑이 점점 작아지고 있었다. 바짝 곤두서 있던 속도계의 바늘도, 굳을 대로 굳었던 사내의 얼굴도 언제 그랬냐는 듯 느긋해졌다. 사내가 신경질적으로 경적을 울린 이유를 알 것 같았다.

"다리가 무너져 죽을 뻔한 적도 있었소."

사내는 다리 건너기만을 기다렸다는 듯 구사일생 스토리 2탄을 꺼냈다.

내 대답과는 무관한 얘기였다. 애당초 궁금해서 던진 질문도 아닌 듯했다. 정작 하고 싶은 말은 따로 있었으나 다리를 건너는 도중 행여 불운이라도 불러올까봐 입 밖에 내지 않고 참았을 것이다. 고민하며 대답한 게 괜히 억울해졌다.

"지진이라도 났습니까?"

그 다리 이름까지 알고 있었지만 나는 짐짓 모르는 척했다. 그렇다고 굳이 지진을 들먹일 것까지는 없었는데. 그만큼 출장 온 일본 사람이라는 역할에 충실했달까. 자청한 것도 아니고, 말 그대로 공항 청사 출입문이 등뒤에서 닫히기도 전에 별안간 주어진 역할이었지만. 언어의 주술성은 강력했다. 일본어로 말하다보면 일본 사람처럼 생각하게 되는 순간들이 있다.

"지진이요?"

사내는 생소한 단어라도 들은 것처럼 반문했다. 하지만 이내 나를 슬쩍 돌아보고는 보일 듯 말 듯 고개를 끄덕였다. 내 국적을 잊고 있었다는 듯.

"지진은 아니었소. 믿기 힘들겠지만 멀쩡한 다리의 상판 일부가 폭격이라도 맞은 것처럼 떨어져내렸소. 다리 위를 달리던 차들이 추락해 여럿 죽었지."

"어떻게 그런 일이……"

"다리 밑 물빛이 유난히 검게 보여 그랬는지, 기분이 영 쎄해서 일부러 다음 다리로 향하지 않았다면 나도 무사하지 못했을 거요."

나는 사내가 말을 더 잇기만 잠자코 기다렸다. 영종대교 추돌사고에서 기적적으로 목숨을 건진 일화처럼 이야기의 신빙성을 높이기 위한 디테일을 덧붙일 거라 예상하면서. 동시에 나는 이십일 년 전의 그 사건을 떠올리고 있었다. 끊긴 다리를 구경하겠다며 몇몇 녀석들이 보충수업을 빼먹고 튀었던 기억뿐, 특별히 생각나는 것은 없었다.

"지금도 그 다리는 안 건넙니다."

그게 다였다. 더이상의 말은, 극적인 디테일은 없었다. 내 예상은 보기 좋게 빗나가고 말았다. 사내의 말을 믿어야 할지 말아야 할지 종잡을 수 없었다. 첫번째 일화는 디테일이 과했고 이번에는 너무 적었다. 일정한 패턴이 없다는 것은 이야기를 꾸미지 않았다는 증거일지 모른다. 하지만 치밀한 계산의 결과일 가능성도 완전히 배제할 수 없었다. 노련한 스파이는 절대로 패턴을 남기지 않는 법이니까. 모든 것을 우연으로 만들라. 우연의 파도에 몸을 싣고 손가락 사이로 무엇이 들어왔다 나가는지 지켜보라. 패턴이 없다면 염라대왕조차 네 머릿속에서 쓸 만한 정보 하나 꺼내지 못할 것이다. 설령 네 두개골을 가른다 해도.

스파이 소설의 촘촘한 거미줄에서 내 정신을 떼어낸 것은 휴대폰 벨소리였다. 나는 무심코 휴대폰을 꺼내들었다. 팀장이었다. 일본인 행세중이라는 사실을 깜박한 채 수화기 모양 아이콘을 터치하고 말았다. 전화를 받지 말았어야 했다. 뒤늦게 실수를 깨달은 나는 사내에게 들으라는 듯 목청을 높였다. "모시모시(여보세요)." 팀장의 어리둥절한 표정이 눈에 선했지만 어쩔 수 없었다. 휴대폰을 꺼두지 않은 나 자신을 탓할밖에. 출장 보고 어쩌고저쩌고하는 말에 나는 숙소에 짐을 푸는 대로 찾아갈 테니 계약의 세부 사항은 만나서 조율하자는 엉뚱한 대답을 늘어놓았다. 물론 일본말로.

서둘러 전화를 끊은 뒤에도 마음이 편치 않았다. 급기야 나는 문자를 보냈다.

'팀장님 죄송합니다. 자세한 사정은 나중에 설명드릴게요.'

차마 휴대폰을 끄지는 못했다. 팀장이 답문을 보낼지도 몰랐다. 착신 신호를 진동으로 바꾸고 전화가 걸려오지 않기만 바랄 뿐 달리 할 수 있는 일은 없었다.

팀장은 반응이 없었다. 뭐라고 해명해야 할지 난감했다. 실없는 사람이 될 테니 사실대로 말할 수는 없었다. 아무리 머리를 쥐어짜내도 묘안이 떠오르지 않았다. 그러다 문득 용건이 궁금해졌다. 선심 쓰듯 오늘은 곧장 퇴근하라더니 왜? 현지에서 이메일로 보낸 보고서에 무슨 문제라도? 긴한 일이라면 다시 전화하거나 문자를 보낼 거라는 합리적인 추론도 궁금증을 잠재우기에는 역부족이었다.

"근처에 안 가는 게 그 다리만은 아니오. 백화점에도 발길 끊은 지 오래되었소."

사내가 다시 입을 열었다.

"무엇 때문에요?"

백화점이라는 말에 짚이는 구석이 있었지만 이번에도 모르는 척했다. 어디까지나 나는 출장 온 일본 사람이었으니까.

"시내 한복판에 있는 백화점이 와르르 무너졌을 때 나는 바로 길 건너편에서 횡단보도 신호등이 바뀌기만 기다리고 있었다오. 백화점 식당가에서 약속이 있었지."

가까스로 넘긴 생사의 고비를 떠올리기라도 하듯 사내의 목소리는 감회에 젖어 있었다.

"신호등이 살려줬네요."

"아니오. 파란불로 바뀌었다 다시 빨간불이 들어오려는 참이었소."

"왜 안 건넜죠?"

"백화점을 무심코 쳐다보는데 어딘지 모르게 끔찍이 뒤틀린 느낌이었소. 걸음을 뗄 수 없었지. 뭔가가 발목을 잡고 있는 것처럼.

옥상의 냉각탑을 몽땅 한쪽으로 밀어버렸다는 사실은 나중에 알았소. 근처 아파트에서 민원이 들어왔다더군. 냉각탑이 뿜어내는 습기 때문에 빨래가 마르지 않는다고."

건물 붕괴를 부른 무리한 구조변경을 지적하던 목소리들은 어렴풋이 떠오르지만 냉각탑 얘기는 가물가물했다. 어쨌든 인상적인 얘기였다. 직관적이고 감각적이었다. 사실이라면 사내는 특별한 운을 타고난 사람이고 지어냈다면 탁월한 이야기꾼일 터. 그런데 마음에 걸리는 게 하나 있었다. 어처구니없는 인재를 입에 올릴 때 따라오기 마련인, 몽매와 부패에 대한 분노를 찾아볼 수 없었다. 분노는커녕 탄식조차 듣지 못했다.

"그날은 숨을 쉬기 힘들 정도로 푹푹 찌는 날씨였소. 찜통이 따로 없었지. 지금도 궁금하오. 파란불 앞에서 발길을 붙든 게 대체 무엇이었는지."

사내가 선글라스를 다시 끼며 말했다.

어쩌면 엄청난 사건조차도 사적인 감각이나 감정이라는 양식으로만 기억되는 것인지 모르겠다. 비운의 백화점 이름을 들을 때 내 머릿속에 맨 먼저 떠오르는 것은 이모와 연락이 닿지 않아 엄마가 발을 동동 구르던 모습이다. 이모가 변을 당했을지도 모른다는 상상보다 예감이 좋지 않다며 실성한 사람처럼 굴던 엄마가 더 무서웠다. 이모가 예물반지를 보러 그 백화점 보석 특별전에 갔다는 것이었다.

엄마의 걱정은 기우에 불과했다. 사고가 난 것은 이모가 예물반지를 주문하고 나온 뒤였다. 이모는 예비신랑과 맞은편 빌딩 카페에서 팥빙수를 먹다 백화점이 무너지는 장면을 목격했다. 당연히 예물반지는 영영 찾을 수 없었다.

이모는 그날 일에 대해 이상하리만치 입을 다물었다. 그럴수록 엄마는 도심 한복판에서 벌어진 비극을 자신만의 방식으로 곱씹었다. 이모가 멀쩡한 회사를 그만둔 것도, 파혼하고 여태 혼자 사는 것도 그 사건과 무관치 않다고 믿었다. 콘크리트 더미에 묻혀버린 것은 예물반지가 아니라 이모의 운이라고 여기는 눈치였다.

내가 엄마와 달리 생각하게 된 것은 세계무역센터 빌딩이 무너질 때 간발의 차로 화를 면한 사람들에 관한 다큐를 보고 나서였다. 비행기가 들이받기 직전 빌딩에서 걸어나온 한 남자는 자신이 여기가 아니라 저기에 있었을 수도 있다는 원초적 공포에서 벗어나기 위해 저기가 아닌 여기였던 합당한 이유를 찾느라 숱한 밤을 지새웠다고 했다. 하지만 아무리 생각해도 그럴듯한 까닭을 찾을 수 없었는데 바로 그 점이 죽을 수도 있었다는 사실보다 더 공포스러웠다고 털어놓았다.

사내가 들려준 얘기를 그런 심리적 길항의 결과로 받아들인다면 과장의 혐의는 중요하지 않을 수도 있었다. 그럼에도 불구하고 나는 사내의 얘기가 여전히 불편했다. 사건을 회고하는 태도 때문이었다. 불특정 다수의 목숨을 앗아간 재난을 활용해 자신을 특별한 사람, 예외적 생존자로 만드는 방식 말이다.

"진짜 생존자가 세 명 있었죠, 아마?"

나는 '진짜'라는 말에 힘을 줬다. 은근히 자신을 특별한 존재로 여기는 듯한 태도가 거슬려서만은 아니었다. 팀장에게 헛소리를 늘어놓게 되어서 부아가 치민데다 애당초 착각의 장본인은 사내인데 곤욕은 엉뚱한 사람이 치르는 듯해 불쾌하기도 했다. 이야기의 주도권을 쥐고 싶은 마음도 아주 없지는 않았을 테고.

"그걸 어떻게 알죠?"

"일본에서도 크게 보도되었거든요."

"그랬군요."

"그중 한 명은 구조되던 순간 가장 먹고 싶은 게 뭐냐는 질문에 냉커피라고 대답했죠."

"그랬습니까? 놀랍군요."

그 일화가 놀랍다는 것인지 내가 그 일화를 알고 있다는 사실이 놀랍다는 것인지 모호했으나 어느 쪽이든 나에게 우쭐함을 안겨주기에 충분했다. 일본인이라는 제약을 되레 무기로 활용한 결과, 이를테면 발상의 전환이 거둔 쾌거였다.

냉커피 얘기는 지어낸 게 아니다. 그 인터뷰를 듣고 엄마에게 냉커피를 타달라고 했던 기억이 또렷하다. 냉커피 맛도 생생했다. 설탕물 같다고 하자 엄마는 우유를 깜박했다며 얼굴을 찡그렸다. 그때 나는 각 얼음을 씹으며 생각했다. 열흘 넘게 땅속에 갇혀 있으면 뭐가 가장 먹고 싶을까.

"그 뉴스 때문에 당시 일본에서도 냉커피가 불티나게 팔렸어요."

이것은 지어낸 얘기. 구라에는 구라. 사내의 반응에 고무된 내 입은 클럽의 침침한 조명 아래에서처럼 대담해졌다.

"그랬군요. 나는 식혜가 먹고 싶었는데."

"네?"

"아, 밥알을 띄워서 마시는 한국 전통음료예요."

"그렇군요. 그런데 언제 말입니까?"

왠지 사내의 페이스에 다시 말려드는 기분이었지만 궁금증은 어쩔 수 없었다.

"사변 때, 참 외국에서는 한국전쟁이라고 하던가요?"

"남한과 북한이 벌인 전쟁 말입니까?"

"맞아요."

"네, 그렇게 부릅니다."

또 무슨 사고 얘기겠지 싶었는데 한국전쟁이라니. 대체 무슨 얘기를 꺼내려는 것인지 짐작할 수 없었다. 이제까지 거론된 사고들과 달리 너무 아득하게 느껴졌달까. 내 상상의 테두리를 훌쩍 넘어선 화제처럼 들렸다. 역사책에서나 접하던 사건을 직접 겪은 사람의 입을 통해 들으니 기분이 묘했다. 내가 감히 알은체할 수 없는 얘깃거리를 일부러 고른 게 아닌가, 의심스럽기도 했고.

"고향이 흥남이라고 북한의 항구도신데 미군 폭격으로 쑥대밭이 되었소. 하늘이 폭탄으로 새까맣게 뒤덮였지. 철수하는 미군을 따라 LST에 몸을 실은 것도 폭격이 무서워서였다오. 북한군과 중공군이 들어오면 또 쏟아부을 테니까. 원자폭탄을 쓸 거라는 소문이 돌기도 했고. 미군 폭격기가 무서워 미군 배에 탄 셈이지. 대부분이 그랬소. 살아남는 게 무엇보다 중요했던 거요. 시내로 들어오는 길을 막아서 그나마 흥남 사람들만 배에 오를 수 있었지. 태울 수 있는 인원이 한정되어 있었으니까."

"처참했군요."

사내가 의도했든 아니든, 새 화제에 관해서라면 나는 할말이 별로 없었다. 내가 태어나기 한참 전, 심지어 내 아버지가 태어나기도 전의 일이었다. 할아버지나 할머니가 더 오래 살았다고 해도 사정은 크게 다르지 않았으리라. 죽기 살기로 싸우다 각자 원위치로 돌아간 이상한 전쟁에 대해 나는 굳이 알고 싶어하지 않았을 테니까.

"아직도 지하철은 절대 타지 않소. 굴이라면 질색이니까. 비행기 소리만 들리면 집 근처에 파놓은 굴로 뛰어들어야 했다오. 그래도 목숨을 장담할 수 없었소. 굴이 무너져 죽은 사람이 부지기수였으니까. 나도 그랬겠지, 호미를 쥐고 있지 않았다면."

"호미요?"

"언제부턴가 사람들은 호미를 쥐고 굴에 뛰어들었소. 흙더미를 뚫고 빠져나와야 했으니까. 맨손인데 굴이 무너지면 속수무책이었지. 흙더미에서 수습한 시신들은 거의 다 손톱이 빠져 있었소. 호미조차 귀한 시절이었지. 무기를 만든다며 쇠붙이라면 죄다 징발해갔으니까."

사내의 목소리는 의외로 담담했다. 은근히 과시하는 말투나 듣는 이를 의식하는 태도는 온데간데없었다. 오로지 기억이라는 길에 새겨진 한 시절의 궤적을 더듬는 데 집중하는 듯했다. 그래서 오히려 극적인 분위기를 자아냈다. 생매장의 위험을 무릅쓰고 땅속으로 몸을 숨기는 심정이 어땠을지 나로서는 짐작조차 할 수 없었다. 기막힌 이야기였다. 물이나 비상식량을 들고 대피했다면 느낌이 전혀 달랐을 터. 꾸며냈든 아니든, 어떤 이야기는 삶의 진실을 드러내는 사소하지만 절묘한 조각을 품고 있기도 한다. 호미가 그랬다. 실은 그 때문에 일말의 의구심을 떨쳐버릴 수 없었지만. 딱 맞아떨어지는 퍼즐 조각은 괜스레 다시 떼어내고 싶어진달까.

호미에 관한 얘기는 그게 다가 아니었다.

"어머니는 하나뿐인 호미를 언제나 형의 손에 쥐여줬지. 장남이 대를 이어야 한다고. 철수하는 미군 배에 한 명만 타야 한다면 주저 없이 형을 택했을 테지. 하지만 형은 그 배를 탈 수 없었어. 무너진 굴에서 빠져나오지 못했으니까. 그날 호미는 내가 쥐고 있었어. 형만 챙기는 게 억울해 선수를 쳤는데…… 누군가 살려면 다른 누군가는 죽어야 했던 거야. 생존자들이란 어찌 보면 살인자들인 셈이지."

중얼거리듯 말해서였을까. 내가 이야기에 너무 몰입하고 있었나. 일본말이 아닌 우리말이라는 사실을 알아차린 것은 사내가 입을 다문 뒤였다. 손에 땀이 배어났다. 차 안 공기가 후끈 달아올라 있었다. 열기의 진원지는 사내였다. 심장을 꺼내서 보여주기라도 한 듯 사내는 기묘한 열기를 뿜어내고 있었다.

사내가 컵 홀더에 끼워놓은 생수병을 더듬었다. 나는 뚜껑을 열어 사내에게 건넸다. 사내가 고맙다고 했다. 다시 일본말이었다. 사내는 페트병 주둥이에 입을 대고 물을 벌컥벌컥 들이켰다. 나는 마른침만 삼켰다. 목이 타는 듯했지만 비어가는 페트병을 그냥 지켜볼 수밖에 없었다. 물을 좀 남겨달라는 말이 왠지 입 밖으로 나오지 않았다.

어느새 차는 김포공항 근처 사거리에 접어들고 있었다. 집으로 가려면 우회전해야 했지만 나는 여전히 아무 말도 할 수 없었다. 뜻하지 않게 나누어 가진 비밀의 무게가 가슴을 짓눌렀는지도 모른다. 한 가지 분명한 사실은 택시에 오른 이후 처음으로 일본인 행세를 후회했다는 것이다.

사내는 나를 김포공항 국내선 청사 앞에 내려주고 떠났다. 한국에서의 볼일을 잘 보라는 인사도 잊지 않았다. 끝내 진실은 밝히지 못했다. 수많은 사람들이 잰걸음으로 주변을 오갔지만 나는 그 자리에 얼어붙은 듯 서 있었다. 다른 택시가 바로 앞에 멈춰 설 때까지.

택시기사가 차창을 내리고 행선지를 물었다.

이번에는 한국말이었다.

경마학 개론

당연한 소리지만 경마로 재미를 보자면 경주마 선택이 관건이다. 몸의 균형이 예쁘게 잡힌 놈일수록 시원스레 달리기 마련. 체고體高와 체장體長의 이상적 비율은 일대일. 앞다리가 발달된 놈은 장거리에, 뒷다리가 실한 놈은 단거리에 능하다. 걸음걸이가 경쾌하면, 그러니까 뒷발굽이 앞발굽 자국을 살포시 지르밟는 식으로 걷는 놈에게는 돌아갈 차비까지 없어도 후회하는 일은 없으리라.

놀랄 것 없다. 이 정도는 경마장행 지하철에서 휴대폰만 잠시 만지작거려도 알아낼 수 있다. 경마장은 처음이었다. 단골 카페에 죽치고 있다 "경마장이나 갈까?" 툭 내뱉을 때만 해도 정말 가게 될 줄은 몰랐다.

"겨울에도 해?"

세라가 되물었다.

게임이나 내기라면 질색인 사람이 의외였다. 역시 카페, 극장, 맛집을 전전하는 뻔한 동선에 식상해 있었던 게다.

나는 손가락을 부리나케 놀려 "눈이 와도 한대"라고 대답했다. 새로운 선택지가 생겼다고 속으로 휘파람을 불며.

"가봤어? 할 줄은 알아?"

경마에 대해 아는 거라고는 가장 빠른 말에 돈을 걸어야 한다는 상식뿐이었지만 이미 내 머릿속에는 드라마나 영화에서 보던 장면들이 불려나오고 있었다. 시원스레 펼쳐진 트랙, 심장을 두드리는 말발굽 소리, 환호와 탄식이 교차하는 스탠드……

"어려울 거 있겠어? 남들 하는 대로 따라 하면 되겠지, 뭐."

나는 인터넷을 훑어보며 호기롭게 대답했다.

세라의 마음이 변할까봐 이런 말도 덧붙였다.

"대박. 경마장에 가면 초보들을 위한 강의도 들을 수 있대. '경마학 개론'이라네. 그거 알아? 이 몸이 개론 킬러야. 신청했다 하면 무조건 에이플이라고."

세라는 벌써 경마장 근처 맛집을 물색하고 있었다.

지하철 좌석에 엉덩이를 붙이자마자 내가 입력한 검색어는 '경주마 고르는 법'이었다. 큰소리친 게 마음에 걸려 휴대폰에서 눈을 떼지 못했다. 기왕 가는 거 제대로 놀아보자는 마음도 없지 않았다. 운이 받쳐준다면 돈도 좀 따고.

얼마나 검색에 열을 올렸을까. 나는 목덜미가 뻣뻣해져서야 고개를 들어 좌우로 돌려보았다. 그애가 눈에 띈 순간이었다.

그애의 얼굴보다 캐리어가 먼저 떠오른다. 가방으로 유명한 명품 브랜드 로고가 한복판에 돋을새김된 핑크색 캐리어. 색상이 튀기도 했지만 비닐 포장을 막 벗겨낸 듯 흠집 하나 없이 매끈해서 더욱 눈길을 끌었다. 결정적으로 그 물건이 기억 깊숙이 자리잡게 된 것은 주인의 행색 때문이다. 초등학교 고학년쯤으로 보이는 사내아이가 아저씨들이나 걸칠 법한 국방색 점퍼에 밑단을 줄인 기지 바지 차림이었다. 번지레한 짐과 어울리는 구석이라고는 찾아볼 수 없었다. 그 부조화가 아이의 존재를 오히려 도드라지게 만들었지만 이상하게도 주변 승객들은 본체만체하거나 아예 없는 사람 취급하는 태도가 역력했다. 녀석이 내미는 쪽지 탓인 듯했다.

처음에는 구걸인가 싶었지만 점점 자신할 수 없게 되었다. 적선을 청한다면 앉아 있는 이들에게 다가가는 게 보통일 텐데, 서 있는 승객도 가리지 않을뿐더러 쪽지를 돌리는 대신 한 사람씩 보여주기만 했다. 무엇보다 의아한 점은 여자들만 집적거린다는 것이었다. 어쨌거나 진지하게 대하는 이는 없었다. 쪽지나 그 주인을 흘긋 쳐다보는 시선이 다였다. 심지어 몇몇은 냉큼 자리를 옮겨버리기도 했다.

거부당하는 쪽도 포기가 빨랐다. 무관심에 이골이 난 듯, 정체불명의 쪽지는 곧바로 근처 다른 여자의 면전으로 향했다. 캐리어에서 비롯된 내 호기심은 어느새 쪽지에 쏠려 있었다. 어떤 내용이 적혀 있는지 궁금했다. 쓸데없는 호기심이었지만 궁금증이 풀리는 건 시간문제였다. 서 있는 사람이 몇 안 될 만큼 한산했던데다 내 곁에는 세라가 앉아 있었으니까.

정작 핑크색 캐리어가 눈앞에 섰을 때 내 주의를 끈 것은 녀석의 손에 들린 쪽지가 아니라 야릇한 냄새였다. 나프탈렌 냄새인가 하면 고약 냄새 같기도 하고, 두엄 냄새인가 하면 묵은 빨랫감에서 나는 냄새 같기도 했다. 하지만 지금도 지워지지 않는 것은 녀석이 쪽지를 내민 순간 코를 찔러온 또다른 냄새다. 노린내와 독한 향신료가 어우러진 듯한 고약한 체취.

마침내 쪽지의 글자가 시야에 들어왔다. '갑작스러운 사고로 한꺼번에 부모를 잃어 살길이 막막합니다. 조금만 도와주신다면 열심히 살아가겠습니다'라는 식으로 쓰여 있지는 않았다. 대신 막 글을 배우는 아이가 쓴 듯 삐뚤빼뚤한 글씨로 주소 비슷한 게 적혀 있었다. 그리고 한글과 달리 자신 있게 쓴 한자. '大林驛, 4, 中央市場'. 녀석은 길을 묻고 있었다. 물론 내가 아닌 세라에게.

내 눈과 손은 다시 경주마를 고를 때 주의할 점을 찾기 시작했다.

"대림역까지 가려면 사당역에서 2호선으로 갈아타야 해."

세라의 목소리였다.

녀석의 대꾸가 들리지 않았지만 신경쓸 바 아니었다. 쪽지에 대한 궁금증이 풀리자마자 녀석은 내 관심 밖으로 밀려났다.

"사당역에서 갈아타야 된다고, 사당!"

얼마 후, 녀석이 다시 내 주의를 끈 것은 세라의 목소리가 높아져서였다.

"알아들은 것 같아?"

세라가 나를 돌아보며 물었다.

"글쎄."

녀석은 딴청을 부리고 있었다. 수줍어서인지 낯설어서인지 주위만 두리번거리며.

그때였다. 갑자기 녀석이 쪽지를 낚아채더니 몸을 돌려 잽싸게 맞은편 자리에 가 앉았다. 번개처럼 빨랐다. 주변을 분주히 살핀 것은 자리를 잡기 위해서였던 모양. 녀석은 더이상 볼일이 없다는 듯 고개를 푹 숙였다.

"조선족인가?"

세라가 목소리를 낮추고 말했다.

"글쎄."

덩달아 나도 한껏 낮은 소리로 대꾸했다.

"괜찮겠지? 중국어로도 안내하니까."

"그렇겠지."

이번에도 나는 건성으로 대꾸했다. 고약한 냄새에서 놓여났다는 작은 기쁨에 반색하며.

내 예상이 그저 막연한 기대에 불과했음이 밝혀지는 데는 그리 오랜 시간이 걸리지 않았다. 삶의 맞은편으로 물러난 줄 알았던 녀석이 느닷없이 다가와 세라의 팔을 툭 치는 게 아닌가. 쪽지를 다시 눈앞에 들이밀면서. 좀전과 같은 몸짓, 동일한 자세였다. 누가 채갈세라 캐리어 손잡이를 꼭 쥐고 있는 모습까지도.

"아까 말해줬는데…… 사당역에서 내려야 해, 사당역."

세라가 외국인에게 일러주듯 또박또박 말했다.

나는 천장에 붙은 전광판을 올려다보았다. 다음은 이촌역. 동작, 이수를 지나면 사당역이었다. 녀석은 눈동자를 불안하게 이리저리 굴릴 뿐, 가타부타 반응이 없었다. 몸짓이나 태도가 확실히 부자연스러웠다. 쪽지를 들이밀고도 상대를 쳐다보는 법이 없었다. 망을 보는 미어캣처럼 끊임없이 주변을 두리번거렸다. 수줍음 탓은 아닌 듯했다. 그런 성격이라면 가만히 있는 사람의 팔을 주저 없이 건드리지는 못할 테니까. 어딘가 모자란 녀석이 아닐까, 의심이 들자 괜히 초조해졌다.

내가 지하철 앱을 휴대폰 화면에 서둘러 띄우고 녀석의 팔을 툭툭 친 것도 한시라도 빨리 제자리로 돌려보내기 위함이었다. 되레 일을 키우고 말았지만. 녀석이 외마디 비명을 지르며 내 손을 쳐낼지 어찌 알았겠는가? 황당했다. 지하철 노선도를 보여주며 길을 일러주려는 의도였는데. 뭐 이런 놈이 다 있나 싶었다. 심심하던

차에 잘됐다는 듯 이쪽으로 쏠리는 눈길들이 느껴지자 황당함은 선의를 저버린 것에 대한 괘씸함으로 변해갔다. 꼴에 사내라고 여자들에게만 들러붙는 꼬락서니도 아니꼬웠다. 하지만 구경거리가 되어버렸다는 불쾌감에 비할 바는 아니었다. 똥 밟은 기분이랄까.

똥을 치우려고 팔을 걷어붙인, 아니 녀석을 진정시키려고 발 벗고 나선 쪽은 세라였다. 내 휴대폰을 녀석의 눈앞으로 들이대더니 손짓과 영어를 섞어가며 길을 설명하기 시작했다.

"위 아 히어."

"사당 스테이션, 히어."

"트랜스퍼 넘버 투 라인."

내심 가망 없는 짓이라 여겼는데 녀석의 반응은 뜻밖이었다. 딴전 부리는 버르장머리는 여전했으나 시선을 한곳에 두고 눈을 깜박이는 게 귀를 기울이는 듯도 했다. 그래서인지 세라의 목소리에 부쩍 힘이 실렸다.

"넥스트 앤드 넥스트. 오케이?"

세라가 손가락으로 둘을 표시하며 말했다.

녀석이 선선히 제자리로 돌아간 것은 그날 찾아온 최초의 행운이었다.

"역시, 우리말을 몰랐던 거야."

세라가 녀석 쪽을 바라보며 말했다.

나는 짐짓 못 들은 척했다. 녀석과 더 엮이고 싶지 않았다. 모두가 슬금슬금 피하는 아이 곁에서 내 일진을 시험하고 싶은 마음은 눈곱만큼도 없었다. 더구나 난생처음 경주마에 돈을 걸러 가는 길이 아닌가. 물론 목적지가 다른 곳이었어도 사정은 달라지지 않았겠지만. 나는 어서 사당역에 당도하기를, 골칫거리가 눈앞에서 사라지기만을 바랐다.

사당역 도착을 알리는 방송이 귀에 들어오자 나는 반사적으로 고개를 들었다. 환승역답게 하차 승객이 많았다. 그런데 녀석은 고개를 푹 숙인 채 미동도 없었다. 조는 건가? 내려야 할 사람은 녀석이었지만 안절부절못한 쪽은 나였다. 괜히 마음이 급해져 다 왔다고 소리칠 뻔했다. 한쪽 다리를 달달 떠는 모습이 눈에 들어오지만 않았다면.

녀석이 깨어 있음을 알게 되어 안타까움이 싹 가신 걸까? 글쎄. 내 손을 쳐내던 모습과 함께 되살아난 불쾌감 때문에? 그래서 출입문이 닫히고 전동차가 움직이도록 모른 척했던 걸까? 역시 알 수 없다. 확실한 하나는 녀석이 내려야 할 곳에서 내릴 가능성이 완전히 사라진 순간 나도 모르게 세라를 힐끗 쳐다보았다는 사실. 불행인지 다행인지 세라는 쇠기둥에 머리를 기댄 채 졸고 있었다. 뒤 타임 알바에게 갑자기 사정이 생겨 새벽까지 편의점 카운터를 지켰다더니 피곤한 모양이었다.

나도 눈을 감았다. 자꾸만 녀석에게 향하는 신경을 꺼버리기 위해서였지만 원치 않는 무언가를 떠안은 듯 마음자리가 개운치 않았다. 급기야 나는 눈을 질끈 감았다. 나와는 무관한 일이라고 스스로를 타일렀다. 그러면서도 눈을 떴을 때 녀석이 자리에 없기를 바랐다. 전동차가 다음 역을 뒤로할 즈음 눈을 뜰 뻔한 것도 그런 기대 탓이었으리라. 어쨌든 한 정거장만 더 지나면 경마공원역. 목적지 도착에 맞춰 눈을 뜨고 곧장 내리면 그만이었다.

남태령역을 떠나고 얼마 안 되어 눈을 뜬 것은 뇌리에 박힌 바로 그 냄새 때문이었다. 눈을 뜨면서도 설마 했다. 그래서 더 소스라치게 놀랐는지 모른다. 눈앞에 녀석이 서 있는 게 아닌가. 놀라움이 가라앉자 이내 짜증이 치밀어올랐다. 다른 승객도 많은데 하필 우리한테만…… 알아듣든 말든 한마디하지 않을 수 없었다. 하지만 녀석이 졸고 있는 세라의 팔을 건드리자 그 무례함에 나는 말문이 막히고 말았다.

"어, 여기가 어디지?"

세라가 어리둥절한 얼굴로 혼잣말처럼 물었다.

"사당역 지나버렸네. 어쩌지?"

전광판을 확인하는 세라의 얼굴에 낭패의 빛이 떠올랐다.

나는 잠자코 있었다.

"깜박 잠드는 바람에……"

세라는 어쩔 줄 몰라하며 중얼거렸다.

녀석이 하차 역을 놓친 게 제 불찰이라고 여기는 듯한 태도 탓이었까? 그런 게 아니라고, 잘못은 녀석에게 있다고 얘기하고 싶었을까? 상관하지 말자는 다짐을 깨고 나는 입을 열고야 말았다.

"내려서 다시 돌아가면 돼."

"맞아. 그러면 되겠다."

미처 몰랐다는 듯, 세라가 내 말을 손짓 반 영어 반으로 녀석에게 옮기는 모습을 지켜보며 나는 왠지 불길한 예감에 빠져들었다. 선바위역이 가까워짐에 따라 불안감은 점점 커졌다. 막연하기만 하던 불안감이 마침내 실체를 드러낸 것은 아무래도 열차를 갈아태워야 할 것 같다는 말을 듣고서였다. 나는 귀를 의심하면서도 '올 것이 오고야 말았다'는 기분을 떨칠 수 없었다.

"다음이 경마공원역인데?"

내가 듣기에도 궁색한 평계였다.

"갈아태우고 돌아오면 안 될까?"

"이번 역에서 내려주면 돼."

"혼자 되돌아갈 수 있을까?"

"사당역에서는? 대림역까지 데려다줄 수는 없잖아."

"그래도……"

세라가 눈을 내리깔며 말했다.

"누군가 도와주겠지."

나는 부러 확신에 찬 말투로 얘기했다.

"넥스트 스테이션 아웃, 백 투 사당 스테이션."

세라는 다시 손짓을 곁들여 녀석에게 설명했다. 전동차 안이 조용해서였는지 세라의 말소리가 유난히 크게 들렸다. 역시나 승객들의 시선이 하나둘 이쪽으로 향했다. 나는 속으로 '아웃이 뭐야, 아웃이' 하고 혀를 차며 '내리다'라는 뜻에 딱 들어맞는 표현을 떠올리려 애썼다.

전동차는 어느덧 역사의 불빛을 향해 속도를 늦추고 있었다.

출입문이 열리자마자 세라는 녀석의 팔을 붙들고 전동차에서 내렸다. 녀석은 순순히 따랐다. 세라는 손짓으로 반대편을 가리킨 뒤 전동차에 올라탔다. 이 모두를 나는 전동차에 남아 창 너머로 바라보았다.

고개를 돌리려던 찰나 뜻밖의 일이 벌어졌다. 녀석이 다짜고짜 전동차에 올라탄 것이다.

"아니야. 넌 여기서 내려야 돼."

세라가 소리쳤다.

알아듣지도 못하는데 우리말이라니. 당황한 기색이 역력했다. 심지어 녀석의 등까지 떠밀었다. 보는 내가 괜히 조마조마했다. 아니나 다를까, 잔뜩 굳은 표정에 번쩍 금이 가는가 싶더니 녀석이 또 비명을 지르기 시작했다.

누가 먼저랄 것 없이 세라와 내 눈이 마주쳤다. 도움을 청하는 눈빛이었으나 내 수중에도 뾰족한 수가 없었다. 그러거나 말거나 녀석은 계속 비명을 질러댔고 사람들은 이제 대놓고 세라와 나를 쳐다보았다. 어찌되나 보자는 듯한 속내를 감추지 않은 채. 자신들을 비껴간 횡액에 안도하면서.

"일단 같이 내려야겠어."

세라가 쫓기듯 말했다.

나 들으라는 소리인지 스스로에게 하는 얘기인지 분간할 수 없었다. 그러면서 뭐라 대꾸할 새도 없이 실행에 옮겼다. 엉겁결에 나도 엉덩이를 들고 말았다. 창졸간에 벌어진 일이었다. 스크린도어가 닫히는 기척을 등뒤로 느끼고서야 나는 엉뚱한 역 승강장에 남겨졌음을 실감했다. 그 와중에도 내 머릿속엔 어떻게든 녀석을 떼어내야겠다는 생각뿐이었다. 어디서 굴러왔는지 모를 이상한 놈 하나 때문에, 한 주 내내 고시촌과 학원가를 쳇바퀴 돌듯 오가고 얻은 재충전의 시간을 망치고 싶지 않았다. 가외의 요금까지 감수하며 건너편 승강장으로 녀석을 데려간 것도, 사당까지만 동행하자는 세라의 말에 토를 달지 않은 것도 그래서였다.

유감스럽게도 일은 내 뜻대로 풀리지 않았다. 2호선에 태워주자는 제안이야 환승 길이 복잡하니 아주 이해 못할 바는 아니었다. 하지만 대림행 열차에 함께 오르자는 말이라면 사정이 달랐다. 녀석이 혼자 타려고 하지 않았어도, 쫓아오듯 탔다가 따라 내려버렸어도, 그렇게 두 대를 그냥 떠나보냈어도 이건 아니다 싶었다.

세라는 미안하다고 했다. 그러면서도 그냥 두고 가자는 말에는 고개를 저었다.

"사람이 어떻게 그래?"

"역무원을 부르자."

"역무원인들 어쩌겠어."

"대림역에서도 이러면?"

나는 세라 곁에 바짝 붙어 있는 녀석을 노려보았다.

"그땐 별수없지."

"안 떨어지려고 하면 어쩔 건데?"

"다 듣겠다."

세라는 내 팔을 끌고 몇 걸음 옮겼다.

"듣기는……"

"봐. 안 따라오잖아."

세라의 말대로 녀석은 우리 쪽을 힐끔거릴 뿐이었다.

"대림역까지만이야."

"그래."

세라가 내 등을 토닥이며 말했다.

대림역까지는 비교적 순조로웠다. 캐리어를 선반에 얹으려는 쓸데없는 짓만 하지 않았다면 더 좋았겠지만. 내가 문제의 물건에 손을 대자 녀석은 질색하며 외마디 비명을 내질렀다. 정작 나를 놀라게 한 것은 캐리어의 무게였다. 대체 뭐가 들었는지 한 손으로 들려다 손목을 삐끗했다. 눈물이 핑 돌 정도였다. 두 정거장이 지나도록 손목의 시큰거림이 가시지 않자 녀석을 홀로 문밖으로 내보낸 어떤 무책임한 어른에 대한 분노가 치밀었다.

"화났어?"

세라가 조심스레 물었다.

"이런 애를 혼자 보내다니, 부모도 참……"

"난 또, 나한테 화난 줄 알았네. 사정이 있었겠지."

"사정은 무슨 얼어죽을. 손목이 나갈 뻔했다고."

"많이 아픈가보네. 잠깐만."

세라가 메고 있던 에코 백을 뒤지더니 뭔가를 꺼냈다. 파스였다. 세라는 파스를 떼어 내 손목에 붙여주었다. 시원한 느낌이 뼛속까지 스미는 듯했다.

"웬 거야?"

"편의점에서 일할 때 가끔 종아리에 붙이거든. 어때?"

"괜찮아."

대림역에서 깨끗이 돌아설 수 있었다면 정말 괜찮았을 것이다. 시간이 다소 지체되었지만, 속은 좀 끓었지만 좋은 일 했다고 뿌듯해할 수도 있었으리라. 눈치챘겠지만 쪽지에 적힌 역에서도 우리는 녀석을 떼어내지 못했다. 전동차에서 내릴 때만 해도, 의외로 녀석이 개찰구를 곧장 통과할 때만 해도 여기까지겠거니 싶었다. 그러니까 세라가 승강장으로 향하는 계단에서 뒤를 돌아보기 전까지만 해도.

"아직도네."

녀석은 여전히 개찰구 바로 너머에 서 있었다. 지나가는 여자들에게 쪽지를 들이댔지만 발길을 멈추는 사람은 없었다. 멈추기는 커녕 거들떠보지도 않았다.

"저래서는……"

세라는 녀석에게서 시선을 거두지 못했다.

"가자."

나는 세라의 팔을 잡아끌었다.

"잠깐만."

"약속했잖아."

내 목소리가 높아졌다.

소리를 들었는지 녀석이 돌아보았다. 거리 탓에 또렷하지는 않았지만 얼굴에 어떤 표정이 떠오르는 듯했다. 울상인가 하면 웃는 것도 같았다. 어쩌면 착각이었는지 모르겠다. 세라를 붙들려고 몇 걸음 다가갔을 때는 어떤 감정의 흔적도 찾아볼 수 없었으니까. 처음 눈에 띄었을 때처럼 겁먹은 듯, 주눅든 듯 굳은 얼굴 그대로였다.

"어쩌려고?"

"그냥은 못 가겠어."

"경마장은?"

"표를 끊어놓은 것도 아닌데 뭘."

"다섯시까지는 입장해야 해."

"다음에 갈 수도 있고."

"분명히 여기까지만이랬잖아."

"미안해. 하지만 이대로 가면 마음이 불편해서 경마고 뭐고 눈에 안 들어올 것 같아."

"그래서 끝까지 데려다주자고?"

"같이 가자고는 안 할게."

"착한 척 좀 그만해!"

나도 모르게 버럭 소리치고 말았다.

물론 경마장에 꼭 가야 하는 것은 아니었고 기왕 거기까지 간 김에 시간과 수고를 조금 더 할애할 수도 있었다. 하지만 그러면 안 될 것 같았다. 무임승차를 막기 위해 설치된 은빛 울타리가, 지갑만 슬쩍 대면 빗장을 푸는 관문이 무엇 때문인지 넘지 말아야 할 한계선으로 여겨졌다.

넘지 말아야 할 선을 넘은 사람은 녀석이 아니라 나였을까? 세라의 눈시울이 붉어지더니 끝내 눈가에 이슬이 맺혔다. 문득 어떤 기억 하나가 떠올랐다. 어느 일요일 우리는 세라의 자취방에서 텔레비전을 보고 있었다. 맞대결로 한 명씩 떨어뜨리는 신인가수 오디션 프로그램이었다. 가수 지망생들의 노래 실력과 심사 결과에 대해 이러쿵저러쿵 입방아를 찧으며 시시덕거리던 중 한 참가자의 눈물로 분위기가 묘해졌다. 이긴 쪽이 눈물을 펑펑 쏟자 내가

"정작 울어야 할 사람은 가만히 있는데 왜 저래?"라고 중얼거린 게 발단이었다. "미안해서 그런지도 모르지." 세라가 말했다. "진짜 미안해서 우는 걸까?" 승자의 눈물에 나는 괜히 어깃장을 놓고 싶어졌다. "그럼?" "대놓고 기뻐하면 손가락질당할까봐 울 수도 있지." "설마." "이러지도 저러지도 못할 땐 우는 게 가장 안전하니까. 우는 얼굴에는 침 못 뱉으니까. 세상의 모든 눈물은 결국 자신을 위한 거야." "말도 안 돼." "저 봐. 되레 진 쪽에서 이긴 쪽을 위로하잖아. 얼마나 거지같겠어. 떨어졌는데 맘껏 슬퍼하지도 못하고."

억울했다. 선심 쓰고 뺨 맞은 기분이랄까. 나는 묻고 싶었다. 왜 우냐고, 진짜 울어야 할 사람은 난데, 네가 왜 우냐고, 기껏 쥐어짠 온정에 찬물을 끼얹은 네가 왜 우냐고. 하지만 입 밖에 내지는 못했다. 길바닥인데다 어쨌거나 우는 사람 앞이었다. '더럽다. 더러워. 눈물이 무기냐? 봐라. 우는 게 가장 안전하지 않냐.' 나는 속으로만 구시렁거렸다.

서바이벌 형식의 그 오디션 프로그램에서 본의 아니게 승자를 다독여야 했던 패자도 끝내 눈물을 비쳤을 것이다. 패자처럼 울 수 없었다면 차라리 등을 보였어야 했는지도 모르겠다. 경마장이든 어디든, 혼자 가는 편이 나았으리라. 실컷 쏘다니다보면 파랗게 달궈진 심장도 제풀에 식었을 테니까. 며칠 냉각의 시간을 갖고 나면 별일 아닌데 괜스레 얼굴 붉혔다며 피식 웃을 수도 있었으리라. 하지만 나는 돌아서는 대신 앞장서 개찰구를 빠져나갔다. '될 대로 되라'는 자포자기의 마음도 없지 않았지만 '갈 데까지 가보자'는 오기 비슷한 감정이 발동했다.

갈 데까지 가는 길은 녹록지 않았다. 찾아가기 어려운 곳은 아니었다. 엉뚱한 동네를 헤맨 데는 내 판단 착오 탓이 컸다. 일단 방향부터 잘못 잡았다. 쪽지의 숫자대로 4번 출구로 나가 한참을 걸었지만 시장 비슷한 데조차 나타나지 않았다. 뭔가 미심쩍었다면 행인을 붙들고 물었어야 했다. 구글 맵이라도 켜든가. 하지만 역명 바로 옆에 적힌 숫자가 버스 번호일지도 모른다는 생각이 불현듯 떠오를 때까지 나는 가던 길을 고집했다. 그만큼 평정심에서 멀리 벗어나 있었던 것이다.

나야 그렇다 쳐도 세라는 왜 묵묵히 따라오기만 했을까? 평소라면 "제대로 가는 거 맞아?" 하고 몇 번이나 물었을 텐데. 내 눈치를 보느라 그랬으리라. 왔던 길을 되짚어갈 때도, 애당초 빠져나왔던 입구 근처에서 4번 마을버스 정류장을 발견했을 때도 세라는 군소리 한마디 없었다.

중앙시장 앞에서 내린 뒤로도 나는 행인은 물론 구글 맵에도 도움을 청하지 않았다. 언제부턴가 쪽지에 적힌 곳을 찾아가는 것은 온전히 혼자만의 힘으로 해결해야 할 숙제가 되어버렸다. 오기만으로는 설명할 수 없는 심리상태였다. 가슴 깊은 곳에서 매캐한

유독가스를 뿜으며 타오르던 뭔가를 행동으로 전하고 싶었을까? 세라가 내 눈치를 보는 기색이 싫지 않았던 걸 보면 일종의 시위였던 듯도 하다. 말하자면 나는 모종의 흥분상태였다. 그렇지 않고서야 바퀴가 허망하게 부서져버린, 짝퉁임이 분명한 핑크색 캐리어까지 떠안은 채 중국말 특유의 성조가 귓전을 때리던 시장통을 미친듯 헤집고 다녔을 리 만무하다. 그 물건에 손만 대도 경기를 일으키던 녀석조차 손잡이를 낚아채는 내 서슬에 움찔하지 않았던가. 반시간 넘게 헤맨 그 동네의 풍경이 전혀 기억나지 않는 것도 달리 설명할 길이 없고.

그랬다. 어찌어찌 찾아간 어느 다가구주택 반지하 집 앞에 서는 순간까지 내 손목을 괴롭히던 묵직한 느낌이 그 동네에 대해 떠올릴 수 있는 전부다. 굳이 덧붙이자면 초인종을 누르고 인기척을 기다리는 동안 겨드랑이에 밴 땀이 식어가면서 또렷해지던 서늘함 정도.

마침내 문이 열리고 집안에 고여 있던 공기가 훅 끼쳐왔을 때 나는 제대로 찾아왔음을 확신했다. 녀석에게서 나던 특유의 냄새였다. 한 중년 여자가 문틈으로 부스스한 얼굴을 내밀었다. 파카에 목도리까지 두른 채였다. 경계심 때문인지 눈이 부신 것인지 미간을 찌푸렸다. 어떻게 왔느냐는 물음에 나는 슬쩍 비켜섰다. 녀석을 발견하자마자 여자는 눈이 동그래졌다. 여자와 녀석 간에 몇 마디가 빠르게 오갔다. 한마디도 알아들을 수 없었지만 예정

된 방문이 아님은 분명했다. 또 한 가지 인상적이었던 점은 녀석이 멀쩡해 보였다는 것이다. 여자와 눈을 똑바로 맞추며 얘기하는 모습이 또래 아이들과 크게 다를 바 없었다. 방바닥에 퍼질러앉아 여자의 휴대폰만 조몰락거리는 모습까지도.

집안까지 들어간 것은 여자의 청을 뿌리치지 못해서였다. 가봐야 한다는데도 잠깐 목이나 축이고 가라며 한사코 붙들었다. 당혹스러웠다. 소매를 잡아당기는 손길이 끈질겨서만은 아니었다. 사양하면 나쁜 사람이 될 것 같았다. 여자의 호의에는 빚쟁이에게 며칠 말미를 부탁하는 사람의 비굴함이랄까 간곡함으로는 설명하기 힘든 무언가가 있었다.

이번에도 세라는 나만 쳐다보았다. 이쪽 판단에 맡기겠다는 눈빛. 그러면서도 거절의 기척은 내비치지 않았고. 혹여 내 마음 한구석에 '갈 데까지 가보자'는 오기가 남아 있었더라도 거기까지, 반지하의 녹슨 철문 앞까지여야 했다. 하지만 나는 쭈뼛거리면서도 한 걸음 한 걸음 집안으로 향했다. 증명할 무엇이, 아니 확인해야 할 무언가가 있는 것처럼.

여자는 거실을 겸한 부엌 한쪽에 앉기를 권했다. 바닥은 얼음장이었다. 눈밭에 나가는 듯한 차림인 이유가 있었다. 그나마 입김이 나오지 않은 것은 가스레인지 불 위의 들통에서 새어나오는 열기 덕분이었다. 들통은 흘러넘친 국물 자국과 그을음으로 뒤덮여 본래의 색깔을 가늠할 수 없었다. 여자가 개수대에서 건져온 유리

컵도 만만치 않았다. 바닥이 물때로 누리끼리했다. 냉장고에서 꺼낸 것은 더 께름칙했다. 검정 비닐로 주둥이를 틀어막은 지저분한 페트병에 담긴 불그스름한 액체.

그 음료의 정체가 대체 무엇인지 궁금했지만 차마 입이 떨어지지 않았다. 여자도 설명해주기는커녕 내 앞에 놓인 컵만 뚫어져라 쳐다봤다. 가장 귀한 것을 내오기라도 한 듯. 무릎을 꿇고 두 손까지 모은 채. 그래도 나는 선뜻 컵에 손대지 못했다. 하지만 세라가 컵을 입에 가져가니 더 버틸 재간이 없었다. 시큼했던가? 짭조름했던가? 아니면 둘 다였을까? 맛은 기억나지 않는다. 마셨다기보다는 마지못해 한 모금 머금고 있다 여자가 계속 주시하는 통에 어쩔 수 없이 꿀꺽 삼키고 말았으니.

"고맙습니다."

갑자기 여자가 머리를 조아리며 말했다.

"고맙습니다. 정말 고맙습니다."

여자는 몇 번이고 감사의 뜻을 표했다. 이마가 거실 바닥에 닿을 듯 머리를 조아리며.

나도 얼결에 고개를 숙였다. 순간 나는 당혹스러운 기분에 사로잡혔다. 결코 굴복하고 싶지 않은 뭔가에 굴복하고 말았다는 느낌. 굴욕감이라니. 모두가 기피하던 애를 안방까지 데려다주고 느낄 법한 감정은 절대로 아니었다. 더구나 무릎까지 꿇고 있는 사람 앞에서.

불현듯 그 자리에 앉아 있는 나 자신이 견딜 수 없어졌다. 나는 벌떡 일어나 도망치듯 그 집을 빠져나왔다. 비굴함이 습관처럼 몸에 밴 여인으로부터, 들통의 그을음만큼 켜켜이 눌어붙은 궁핍의 기운으로부터, 차라리 숨을 멈추고 싶게 만드는 고약한 냄새로부터.

억지로 삼킨 정체불명의 액체를 그 낯선 골목 어느 전봇대 밑에 남김없이 게워냈음은 물론이다.

결국 세라와 나는 경마장 근처에도 못 갔다. 그후로도 그랬다. 두 사람 모두 약속이라도 한 듯 경마의 기역자도 꺼내지 않았다. 그날 일에 대해서도 역시. 세라는 어땠는지 모르지만 내 경우엔 두려워서였다. 고맙다는 말이 들려오는 순간 엄습하던 감정을 세라에게 납득시킬 자신이 없었던데다 입에 올리면 왠지 돌이키지 못할 듯했다. 묵계로써 지켜야 할 것이 무엇이든. 하지만 의식적인 함구로도 세라와의 관계를 예전으로 돌릴 수는 없었다. 격한 다툼이나 극적인 결별의 제스처도 없이 우리는 서서히 멀어졌다. 올이 하나 풀려 시나브로 헐거워지다가 어느 날 꺼내보니 걸칠 수 없게 돼버린 스웨터처럼.

연락이 끊긴 뒤로도 기별하려던 적이 몇 번 있었다. 결국 관두고 말았지만. 휴대폰 위의 손가락을 번번이 멈칫거리게 한 것은 그날 이후 머릿속을 맴돌던 질문이었다. 왜 세라였을까? 하고많은 사람 중 왜 세라에게만 들러붙었을까? 세라의 무엇이, 어떤 면이 녀석을 끌어당겼을까? 나는 스스로에게 묻고 또 물었다. 머리를 조아리는 여인 앞에서 느껴야 했던 밑도 끝도 없는 감정이 온데간 데없어지고, 녀석의 존재가 뇌리에 새겨놓은 고약한 냄새마저 희미해지도록. 답이 궁금해 미칠 것 같을 때면 경마장으로 달려갔다. 적어도 그곳에서만큼은 아무 잘못도 없는 세라에게서 어떤 결함을 찾고 있는 나 자신을 발견하는 일은 없었으니까.

맞다. 언제부턴가 나는 경마장에 드나들기 시작했다. 세라와 완전히 끝나기 전인지 후인지는 확실치 않다. '경마학 개론'. 초보를 위한 강의는 진짜로 있었다. 인터넷을 기웃거리기만 해도 주워들을 수 있는 내용이 다였지만. 몸의 균형? 걸음걸이? 말짱 헛소리. 혈통 좋은 놈이 이긴다. 석 달 치 학원비를 꼬라박고서야 깨우친 진리. 모두가 알지만 씨발 아무도 말해주지 않는.

고양이를 위한 만찬

"발소리 안 났어요?"

여자가 귀를 쫑긋 세우며 물었다.

꽃무늬 원피스에 기름투성이 에이프런을 두르고 한 손에는 비닐장갑, 다른 손에는 국자를 쥔 채였다. 조리대 가득 새 접시들이 어지러이 놓여 있었다. 재작년 블랙 프라이데이에 사들이고 한 번도 쓰지 않은 레녹스 디너 세트. 보타이 차림의 판매원은 반영구적이라고, 금혼식 전에 하자가 생기면 군말 없이 환불해주겠노라 너스레를 떨었다. 손끝으로 전해지는 선득한 느낌 때문이었을까. 왠지 모르게 진저리치면서도 여자는 금테 장식에서 눈을 떼지 못했다.

식사 도중 느닷없이 정전이 찾아와도 헛숟가락질하는 일은 없을 거라더니, 금빛 테두리는 퇴창을 낮게 파고드는 막바지 햇살에 타오르듯 빛났다. 연중 해가 가장 긴 날이었다. 여자가 등지고 선 부엌의 맞은편에는 그늘이 짙게 드리워 있었다.

"바람이었겠지."

언더셔츠 바람으로 식탁 앞에 웅크린 남자가 퉁명스레 대꾸했다. 얼굴이 눈에 띄게 불콰했다.

"풍경 소리는 못 들었는데……"

"팔 달린 놈이면 벨을 눌렀겠지."

남자는 위스키 잔 위로 양주병을 기울였다. 라벨에는 뿔이 탐스러운 순록 머리가 그려져 있었다.

"벨은 대체 언제 바꿔줄 거예요?"

"멀쩡한 벨을 왜?"

"소리가 마음에 안 든다고 몇 번이나 말해요? 파이어 알람이라도 울리는 것처럼 깜짝깜짝 놀란다고요."

여자가 손에 비닐장갑을 꿰려 애쓰며 말했다. 손가락이 자리를 잡지 못하고 자꾸 엇나갔다.

"국자를 내려놓으면 되잖소."

"잔소리 말고 불이나 꺼줘요. 시금치 데치는 냄비."

"한창 주님을 영접중인데……"

남자는 두 손으로 식탁을 짚고서 천천히 몸을 일으켰다. 무릎이 펴지는 순간 입에서 외마디 신음이 새어나왔지만 부엌 한구석으로 어기적어기적 걸음을 옮겼다. 가스레인지의 불꽃은 네 개. 냄비마다 쉭쉭 김이 뿜어져나왔다. 남자는 가장 요란한 소리를 내는 불꽃을 죽였다.

"거기 말고 그 위."

여자가 턱짓을 했다.

남자는 가스레인지 노브를 거칠게 돌리고 곧장 양주병 앞으로 돌아갔다.

"옷 좀 제대로 걸쳐요."

"내 집에서 옷차림도 맘대로 못하나?"

"손님 오잖아요."

"내 손님인가?"

"기억 안 나요? 입국 다음날이었나. 너무 고단해서 파이어 알람이 요란하게 울리는데도 곯아떨어져 있다 소방대원한테 끌려나가다시피 했잖아요. 로비로 피신한 투숙객 중 속옷 바람은 우리뿐이었어요. 얼마나 창피하던지. 차라리 진짜 불이라도 났으면 싶었지 뭐예요."

여자가 시금치의 물기를 조몰락조몰락 짜내며 말했다.

"알몸도 아니었는데 뭘."

"당신 팬티를 입고 있었잖아요. 별무늬 트렁크스."

"남의 팬티는 왜?"

"내 옷가지가 담긴 캐리어가 남미의 웬 공항으로 새버리는 통에 한동안 당신 옷을 입었잖아요."

"새로 사 입지 않고서."

"며칠만 참으면 되는데 뭐하러요?"

"그깟 속옷 몇 푼이나 한다고."

"정말 기억 안 나요? 그뒤론 밖에서 잘 일이 생기면 제일 좋은 속옷부터 챙기는데."

"벌써 이십이 년 전이네."

"이십일 년이거든요. 찜통 불이나 줄여줘요."

"한 번에 시킬 것이지. 똥개훈련도 아니고."

남자가 궁시렁대며 재차 몸을 일으켰다.

"좀더."

"좀더."

"너무 줄였네. 살짝 키워요."

여자가 불꽃에 시선을 두며 연이어 주문했다.

"직접 하지 그래."

남자가 허리를 숙여 불꽃에 눈높이를 맞추며 말했다.

"시금치 무치는 거 안 보여요?"

"갈비찜이면 됐지 무슨 잡채까지……"

"그 사람, 잡채를 좋아한다니까요. 정말 발소리 안 났어요?"

"아예 문밖에 나가서 기다리지."

"도착하면 당연히 벨을 누르겠죠?"

"벨을 떼버릴까보다."

"그러시든가. 풍경을 울리라고 써붙이면 되겠네. 링 더 풍경, 플리스."

"윈드벨이오."

"뭐라고요?"

"여기 사람들 말로는 윈드벨이라고."

"옆집 여자한테는 풍경이라고 일러줬다고요. 불행을 멀리 쫓아내는 동양 특유의 전통이라며."

"케이트?"

"이름도 알아요? 이사온 지 며칠이나 됐다고."

"잔디깎이가 고장났다며 빌리러 왔더라고. 통성명도 없이 내줄수야 없잖소, 이웃사촌끼리."

"걸리적거리니까 저리 비켜요."

"좀전에 불 줄여달라던 분은 그새 어디 간 거요?"

남자는 어깨를 으쓱하고서 식탁 쪽으로 걸음을 뗐다.

"그래서 이웃사촌 잔디도 손수 깎아줬어요?"

여자가 시금치 가닥을 입에 가져가며 물었다.

"그 집 마당에는 그림자도 내비치지 않는 거 잘 알면서."

남자는 위스키 잔 앞에 다시 자리를 잡았다.

"주인이 바뀌었잖아요."

"망할 영감쟁이가 심은 베고니아인지 뭔지는 그대로 있잖소. 한 발짝이라도 들이면 그냥 확 뽑아버릴 것 같아서 말이오."

"그 정도였어요?"

"내가 앞마당의 메이플을 얼마나 아끼는지 안다면 그런 소리는 절대 입 밖에 못 내지. 시차에 적응도 안 된 몸으로 심은 거잖소. 이 땅에 보란듯 뿌리내리겠노라고. 어떤 역경이 닥쳐도 돌아가는 일은 없을 거라고. 그러니 미친 영감쟁이가 마당을 침범했다며 가지를 멋대로 쳐버렸을 때 심정이 어땠겠소? 팔이라도 잘려나간 기분이었단 말이오."

남자는 위스키 잔을 집어들었다.

"그늘이 져 화초가 시든다고 어필했을 때 눈 딱 감고 옮겨 심었으면 팔이 잘려나가는 일은 없었을 거 아니에요. 송사까지 가지도 않았을 테고. 냉장고에서 돼지고기나 꺼내줘요. 술은 작작 마시고."

"일부러 의자에 앉기만 기다리는 거요? 잡초 솎아내느라 마당에서 오후 내내 땀 흘리고 겨우 숨 좀 돌리는데 잠깐 엉덩이 붙이는 꼴을 못 보네."

남자는 위스키를 한 모금 마시고 일어나 느릿느릿 걸음을 뗐다. 목덜미가 뙤약볕 아래에서 구덩이라도 판 것처럼 벌게졌다.

냉장고 문을 열어젖힌 남자의 표정이 굳었다. 눈빛에는 무력감이 부추기는 습관적 분노의 빛이 불쑥 떠올랐다.

"복마전이 따로 없네. 이것들은 대체 다 뭐람. 시신 토막이 나와도 놀랍지 않겠군."

남자가 짜증 섞인 목소리로 중얼거렸다.

"냉동실 말고 냉장실."

여자가 소리쳤다.

"냉장실 어디?"

남자도 언성을 높였다.

이제 남자의 시선은 냉장실 안쪽을 더듬고 있었지만 길이라도 잃은 사람처럼 망연한 표정에는 변함이 없었다.

"눈앞에 두고도 몰라요? 신선실에 있잖아요."

"신선실?"

"베이컨이랑 소시지 담아두는 중간의 투명 서랍."

"잘려나간 게 어디 팔뿐이었나. 가볍게 항의 좀 했더니 마당 가장자리를 파헤치고서 뿌리를 툭툭 끊어버리지 않았소. 그땐 발목이 잘려나가는 기분이었지. 분하고 원통해서 한동안 밤잠을 이루지 못했소. '내가 백인이었어도?' 하는 의문에 사로잡히면 꼼짝없이 뜬눈으로 다음날을 맞아야 했지."

남자가 플라스틱 팩을 여자에게 건넸다. 돼지고기는 잘게 손질되어 있었다.

"꼬장꼬장하긴 해도 인종차별주의자 같지는 않던데."

"핼러윈 데이에 아이들 대하는 걸 유심히 지켜봤소. 문 두드리는 아이들 피부색에 따라 표정부터 달라지더군. 백인이면 입꼬리에 미소를 머금고 과자를 듬뿍 쥐여줬지만 유색인이면 돌 씹은 얼굴이 되었지. 내주는 것도 사탕 몇 개가 고작. 장담컨대 조상 중에 흑인 노예를 산 채로 땅에 묻은 자도 있었을 거요. 아끼는 화초에 그림자를 드리웠다고. 다시는 해와 염병할 화초 사이에 버티고 서 있지 못하도록."

"설마."

"당신은 모를 거야. 백인 수컷들이 동양인 수컷을 얼마나 업신여기는지. 한 동양 남자가 월마트에서 장을 보다 지나가던 백인 남자한테 물었소. 카트에 담은 쿠키가 어디에 진열되어 있느냐고. 백인 남자가 일러준 대로 찾아갔더니 눈앞에 뭐가 있었는지 아오?"

"내 정신 좀 봐. 고기에 밑간하는 걸 깜박했네. 소금하고 후추 좀 줘요. 싱크대 서랍 맨 오른쪽 손잡이를 당기면 양념통들이 줄줄이 보일 거예요."

"사료만 잔뜩 쌓여 있었소. 개 사료 말이오."

남자는 소금통과 후추통을 차례로 꺼내며 말했다.

"말도 안 돼."

"그 동양인 수컷이 나였다는 말까지 해야 되겠소?"

"진짜라고요?"

"한번은 잔디를 깎다 누가 지켜보는 것 같아 고개를 들어보니 아니나 다를까 미친 영감쟁이가 테라스 의자에 앉아 있지 뭐요.

손가락으로 총 쏘는 시늉을 해 보이더라고. 내 그림자 머리를 겨
냥해서."

"난 그저 세탁소 확장하는 일로 예민해졌나보다 했는데…… 왜
말하지 않았어요?"

여자는 돼지고기에 소금과 후추를 뿌렸다.

"보나마나 교회에 끌고 갔겠지. 목사야 인종차별주의자의 가엾
은 영혼을 위해 기도하자며 두 손 꼭 붙들었을 테고."

"기도가 뭐 어때서요?"

"당신이 하루아침에 반병신 된 우리집 앞마당 메이플은 나 몰
라라 하면서 교회 화장실 비누 조각 크기에는 노심초사할 때도 아
무 말 안 했소. 기도가 나쁜 건 아니오. 세탁소에 가서 옷의 얼룩
을 지우듯 교회에 가면 자세를 바로 하고 손을 모아야겠지. 문제
는 타이밍이오. 팔을 비틀어 뽑아내려는 놈한테 '시계가 참 멋지
군요. 어디 겁니까?' 하고 인사를 건넬 수야 없잖소. 불알을 걷어
차줘야지. 잘난 백인한테도 불알은 사타구니에 붙어 있고, 발길질
당하면 하느님을 파는 불경한 말이 절로 튀어나온다는 진리를 일
깨워줘야지. 갓 뎀 잇."

"취했어요?"

"아직은 멀쩡해."

남자가 여자 쪽으로 훅, 하고 입김 부는 시늉을 했다.

"어휴, 냄새. 대체 얼마나 퍼마신 거예요?"

"묵은 죄를 다 씻어내려면 아직 멀었소. 빨래장이 주제에 귀한 뜻을 펼치는 분과 겸상이 가당키나 하오? 영혼이라도 깨끗이 세탁하면 모를까. 그렇다고 표백제를 목구멍에 들이부을 수야 없잖소. 누가 아오? 골수까지 씻다보면 죄 많은 이 몸도 천국 문턱을 넘게 될지."

"가볼 마음은 있는 거예요?"

"어디, 교회 말이오?"

"목사님이 당신 그림에 관심이 많으세요. 윅 좀 내려줘요."

"그림은 얼어죽을…… 쓸데없는 얘기는 왜 해가지고……"

남자는 선반에 놓인 프라이팬을 집어들었다.

"우묵한 거."

"처음부터 그리 말하면 어디 덧나나?"

"어디서 들으셨는지 이미 알고 계시더라고요."

여자는 불에 윅을 올리고 달궈지기를 기다렸다.

"요즘 목사들은 사람 뒤도 캐는 모양이구려."

"신도들에게 그림을 가르쳐줬으면 하는 눈치세요."

여자가 남자를 흘깃 쳐다보며 말했다.

"이젠 붓이 어떻게 생겨먹었는지도 가물가물해."

"오 마이 갓!"

여자가 윅에 돼지고기를 부으며 외쳤다.

"당면을 불려놨어야 하는데…… 불려서 볶아야 쫄깃쫄깃한

데…… 그냥 삶아야겠네."

여자는 돼지고기를 젓가락으로 뒤적이며 중얼거렸다.

"그러게 무슨 잡채씩이나 한다고."

"한국 음식 중 잡채를 특히 좋아한다고 했잖아요. 내 부엌에서
는 누구나 페이버릿 푸드를 맛볼 권리가 있다고요."

"페이버릿 푸드는 무슨. 그맘때 나는 허기만 면한다면 개 사료
도 오케이였는데……"

"자꾸 늙은이처럼 굴 거예요?"

여자는 볶은 돼지고기를 접시에 담은 뒤 양파를 썰기 시작했다.

"어이쿠, 나이들어 미안하구려. 젊은 놈이랑 한집에 살게 됐으
니 덜 미안해도 되려나? 당신보다 열 살이나 어리다고?"

"일곱 살이요."

"일곱 살이면 문제없다는 거요?"

"당신이 물었잖아요."

여자가 채 썬 양파를 웍으로 옮기며 대꾸했다.

"뭐하러 번거롭게 따로따로 볶는 거요?"

"모르면 잠자코 있어요. 이래야 물이 안 든단 말이에요."

"나 같으면 다 썰어놓고 볶을 텐데. 썰다가 볶다가, 볶다가 썰다
가 도무지 체계가 없어. 냉장고 안이 저 모양 저 꼴일 수밖에."

"한꺼번에 이것저것 다 하는 거 안 보여요?"

"날마다 이 난리법석을 떨 건가?"

"첫 디너잖아요. 달걀지단 부치게 아까 집었던 납작한 프라이팬이나 내려줘요."

여자가 눈짓으로 선반을 가리키며 말했다.

남자는 꿈쩍도 하지 않았다.

"귀먹었어요?"

여자가 남자 쪽을 돌아보며 말했다.

그제야 남자는 선반을 향해 팔을 뻗었다.

"젠장, 좀 치워가며 요리를 하든가. 바늘 꽂을 틈도 없네."

남자가 아일랜드 식탁 한 귀퉁이에 프라이팬을 소리나게 내려놓았다.

"다 부술 작정이에요?"

"두부전골에 갈비찜에 잡채까지, 젊은 백인 놈이 감동의 눈물을 흘리겠군."

"싱겁다며 간장을 달라지는 않겠죠."

여자가 차갑게 쏘아붙였다.

"그건 또 뭔 소리요?"

여자는 끓는 물에 당면을 넣었다. 입은 꾹 다문 채였다.

"무슨 소리냐니까?"

남자는 여자를 빤히 쳐다보았지만 여자는 남자의 시선을 외면했다.

"걔 말이에요."

"걔라니?"

"몰라서 물어요?"

여자가 남자를 똑바로 쳐다보았다.

같은 극의 자석끼리 마주한 것처럼 공기가 팽팽해졌다.

퇴창을 통과한 햇빛은 어느새 더 날카로워져 부엌 가장 깊은 곳까지 찌르고 들어왔다.

"당신이 데려왔던 아이."

"누구 말이오?"

"밤이슬 피할 곳을 알아보는 동안만이라며 짐을 싸들고 온 유학생."

"그 아이가 어쨌다는 거요?"

"그애와의 첫 식사에도 잡채를 내놨는데 기억 안 나요?"

"글쎄."

이번에는 남자가 여자의 시선을 피했다.

"마켓 스트리트 끝에 있는 한인 그로서리까지 가서 장을 봤는데 한입 집어먹자마자 너무 싱겁다며 간장을 달라지 않았겠어요. 소금통이 손에 잡혀 밀어줬더니 자기는 간장을 달랬다고 눈을 치뜨며 말하더군요. 음식을 잘못 내온 웨이트리스 대하듯. 어처구니가 없었죠. 이애는 뭐지? 남의 집에 얹혀살러 온 주제에 뭘 믿고 이토록 당당할 수 있지?"

"언제 적 일을……"

"어떻게 잊어요. 지금도 이렇게 생생한데. 암상스러운 눈빛이며 앙칼진 말투며…… 시간이 흐를수록 더 또렷해져요. 시카고까지 차를 몰고 가서 직접 고르고, 아침저녁으로 걸레질하고, 해마다 니스를 덧바른 의자에 삐뚜름하게 앉아서 '간장 달라고 했는데요' 하던 모습이. 그때 내가 뭐라고 했게요. '조선간장, 왜간장?' 그 생각만 하면 지금도 혀를 깨물고 싶은 심정이에요."

"십수 년도 더 된 일이잖소."

"십삼 년이에요. 남의 집 부엌에서는 주는 대로 처먹는 거라고, 빈말이라도 잘 먹겠다는 인사를 빠뜨리는 거 아니라고 얘기해줬어야 하는데."

"여보."

"멍청한 짓은 그뿐이 아니었어요. 누드화 주인공 얼굴에서 그 암상스러운 눈빛을 발견하고도 당신이 다시 이젤 앞에 앉게 되었다며 기뻐했지 뭐예요. 아, 목이버섯이 있어야 하는데."

"그건 반추상화였소."

남자가 변명조로 말했다.

"목이버섯이 들어가야 딱인데. 망했어."

"저건 버섯 아니고 뭐요?"

남자는 도마 위에 놓인 표고버섯을 턱으로 가리켰다.

"그 사람한테 목이버섯도 없는 잡채를 내놓으란 말이에요?"

여자가 남자를 노려보았다.

"버섯이면 그만이지."

"내 말대로 메모해 갔으면 아무 문제 없었을 거 아니에요."

"목이버섯이 안 들어가면 잡채가 아니고 잡탕이란 말이오?"

"그애한테 먹일 거였다면 당장 차를 몰고 달려갔겠죠."

"추상화였다니까. 실물을 그린 게 아니란 말이오."

남자가 버럭 소리쳤다.

"설마 내 소녀 시절을 상상하며 그렸다고 말하려는 건 아니겠죠? 화가들은 결국 자신이 본 것을 그린답디다. 얼굴에 달린 눈이든 심장에 달린 눈이든."

여자는 식칼을 집어들었다.

"그런 해괴한 얘기는 어디서 들었소?"

"그 사람이 그랬어요."

"노숙자들 공짜 밥 먹이겠다고 기부금이나 뜯어내는 인간이 뭘 안다고."

"왕년에 미술사 공부도 했답니다."

"어련하시겠소."

"아무리 고상한 말로 뭐라 뭐라 해도 예술이란 결국 끌리는 이성에게 잘 보이려는 노력 그 이상도 이하도 아니라네요. 수컷 공작이 날개를 활짝 펼치는 것처럼. 아담이 춤추거나 노래 부르지 않은 건 그럴 필요가 없었기 때문이죠. 이브는 처음부터 잡아놓은 물고기였으니까."

여자가 표고버섯을 썰며 말했다.

"활동가 나부랭이가 못하는 소리가 없네. 최초의 만찬이 점점 기대되는구려. 모르는 게 없는 분의 입에서 또 어떤 금언이 쏟아져나올지. 이것부터 물어봐야겠소. 젊은 활동가께서는 누구에게 잘 보이려고 그런 예술적인 말씀을 늘어놓는지. 옳지, 이 대답도 들어야겠소. 노숙자들을 위한 선행은 누구의 환심을 사기 위함인지. 설마 잡채를 얻어먹으려고 그러는 건 아닐 테고. 그나저나 이 놀라운 예술론의 요점은 대체 뭐요?"

"그애가 떠난 뒤로 당신이 뭐든 그리는 모습을 본 적이 없는데, 이것도 우연의 일치일까요?"

"목사님께 여쭤보시오. 하느님의 뜻인지 아닌지. 그분의 뒤도 캘 수 있다면 뭐라도 나오겠지. 향수도 뿌렸소? 혹시 노숙자들의 구세주께서 좋아하는 냄새요?"

"여섯 달이나 신세를 졌으면서 고맙다는 말 한마디 없었어요. 하룻밤 묵은 호텔방에서 짐 빼듯 휙 나가버렸다고요."

"그럼, 코쟁이 손님께서도 반년 뒤면 딴 데를 알아보는 게요?"

"진짜 끔찍한 건 따로 있어요. 멍청한 질문을 던지던 장면을 되새길 때마다 내 말을 못 알아들었기만 간절히 바라게 되더라고요. 근데 아무래도 말귀를 알아먹지 못한 것 같았죠. '조선간장은 뭐고 왜간장은 또 뭐람' 하는 표정이었으니까. 그만큼 새파랬다는 얘기죠. 그래서 더 끔찍한 기분에 빠져들게 돼요. 하루는 옆집 여자가 어디서 그런 예쁜 딸을 입양했느냐고 묻는데 간장 한 종지라도 들이켠 것처럼 속이 뒤집어지고 말았어요."

여자의 칼질이 점점 빨라졌다.

"그 집구석은 안팎으로 밉상이었구려."

"속에서 천불이 일었죠. 그래, 딸뻘이구나. 우리 애가 살아 있다면 그 또래겠구나. 현장체험학습만 안 갔어도, 컨테이너에서 자고 있지만 않았어도, 소방차만 제때 도착했어도, 탈출하라는 안내만 있었어도 저기 앉아서 내가 만들어준 잡채를 입안 가득 오물오물하고 있겠구나. 오물오물하면서 엄지를 척 들어 보였겠구나. 그러면 '천천히 먹어, 내 새끼' 하고 말해줬을 텐데. '조선간장, 왜간장?' 이런 머저리 같은 말이 아니라."

"피!"

남자가 외쳤다.

도마 위로 핏물이 물감처럼 번지고 있었다.

"실반지만 해줬어도. 하나 사달랬을 때 들어줬으면 새까맣게 타죽었어도 금방 알아봤을 텐데. 어미라는 사람이 엉뚱한 시신을 붙들고 기절하는 일은 없었을 텐데. 생전 뭐 사달라고 조르는 법이 없던 애가 갑자기 왜 이러나 싶었는데 나중에 보니 자기를 한눈에 찾아달라는 거였어. 불지옥에서 한시라도 빨리 꺼내달라고."

여자는 칼질을 멈추지 않았다. 표고버섯 다음은 당근이었다.

"여보, 제발."

남자가 여자의 팔을 붙들었다.

여자는 남자의 손길을 완강하게 밀어냈다.

"옷이 타들어가고 살갗이 녹아내릴 때 얼마나 무섭고 고통스러 웠을까. 뜨거운 건 입에도 못 대는 애였는데. 라면이 불어터지도 록 식기만 기다리던 애였는데. 그래도 엄마가 끓여준 라면이 세상 에서 제일 맛있다고 말해주던 애였는데. 밥상머리에서 간장 타령 일랑은 입에 담아본 적이 없던 애였는데."

여자가 울부짖듯 소리쳤다.

남자는 식칼을 뺏으려 안간힘을 썼다. 여자도 팔을 거칠게 내저 었다. 식칼이 허공에서 춤을 췄다.

두 사람의 숨소리가 점점 거칠어졌다.

"언제는 다 하느님 뜻이라며. 그분의 뜻은 나라마다 다르오? 거 기서는 심사가 틀어졌지만 여기서는 풀리신 게요? 화마에 유린되 던 아이들의 울부짖음에는 감감무소식이던 자애가 이 나라에서는 소방대원의 도끼질 한 번에 불려오는 것이오? 손도끼가 미제라서 그렇소? 우리 애는 소방도로도 확보되지 않은 가건물에, 소화기조 차 비치되지 않은 곳에 잠들어 있다가, 그 모두가 이상할 것 없는 세상에 있다 목숨을 잃은 거요. 높고 귀한 뜻은 개뿔."

"그때 죽었어야 했어요."

여자가 날카롭게 소리쳤다. 얼굴은 고통으로 일그러진 채였다.

남자는 멈칫했다. 하지만 잠시뿐, 목선을 따라 곧추선 힘줄의 끝에서 뭔가가 터지기라도 한 듯 다시 격렬하게 말을 쏟아내기 시작했다.

"누가 할 소리. 소방대원이 문을 부수면서까지 구하러 오자 그만 허탈해지고 말았지. 파이어 알람이 울리기 무섭게 투숙객 문에 도끼질하는 나라에 살고 있었다면 우리 애는 죽지 않았겠구나. 불구덩이에서 빠져나오려고 발버둥치다 목숨을 잃지는 않았겠구나."

"실은 파이어 알람이 울렸을 때 깨어 있었어요. 당신은 세상모르고 잠들어 있었지만. 깨울까 하다 이내 마음을 고쳐먹었죠. 하나뿐인 자식을 그렇게 앞장세우고도 삶을 이어가겠다고 태평양을 건너온 스스로가 견딜 수 없었어요. 미안한 얘기지만 그대로 누운 채 불에 타든 연기에 질식하든 상관없겠다 싶었죠. 솔직히, 그러길 바랐어요. 아이 곁으로 갈 수 있겠구나 싶었으니까."

여자가 싸늘하게 뇌까렸다.

"너무 미안해할 필요 없소. 당신만 깨어 있던 게 아니니까. 복도 저쪽에서부터 문 두드리는 소리가 다급한 외침과 뒤섞여 다가오자 당신은 침대에서 벌떡 일어났지. 곧장 출입문으로 달려가더군. 이내 걸쇠 채우는 소리가 들려왔지. '방해하지 마시오' 카드라도 내걸듯. 나는 눈을 질끈 감은 채 어둠 속에 그대로 누워 있었소. 왠지 그래야 할 것 같았으니까. 아니, 당신 결정을 받아들이기로 마음먹은 거였지."

"아아아!"

여자의 입에서 단말마의 비명이 터져나왔다. 한순간도 견디기 힘든 불길에 휩싸인 듯 사지가 부들부들 떨렸다. 여자를 붙든 남자의 손가락 마디마디 정맥이 파랗게 불거졌다. 바스라지는 무언가를 움켜쥐려는 것처럼.

쨍.

남자와 여자는 누가 먼저랄 것 없이 죽은듯 동작을 멈췄다. 끔찍하도록 명쾌한 소리였다. 도끼질에 걸쇠가 날아가던 순간처럼.

발치에서는 금빛 테두리가 두 동강 난 채 나뒹굴고 있었다. 볶은 돼지고기를 담아둔 접시였다.

두 사람은 이번에도 동시에 허리를 숙여 파열음의 진원지로 팔을 뻗었다. 손끝에 닿은 것은 달랐다. 남자는 접시 조각, 여자는 돼지고기였다.

"앗!"

남자는 신음을 삼키며 접시 조각에서 화들짝 손을 뗐다. 손가락 끝에 맺힌 핏방울이 눈에 들어오자마자 남자는 왠지 마음이 차분해지는 것을 느꼈다. 무언가가 지나간 기분이었다. 여태 여자의 손에 들린 식칼의 미끈한 날이 가리키는 쪽 어딘가로, 주둥이가 활짝 열린 채 주인의 부름을 목 빼고 기다리는 양주병 너머로.

한동안 침묵이 이어졌다.

세상이 두 음계쯤 더 적막해진 듯했다.

"무슨 소리 안 들리오?"

남자가 퇴창 너머로 눈길을 던지며 중얼거리듯 말했다.

"글쎄요."

"그 녀석 같소."

"아, 턱시도!"

여자가 벽시계를 쳐다보며 말했다.

"눈이 빠져라 기다리겠소. 전에 한번은 초저녁잠을 자느라 깜박했더니 문 앞까지 와서 울고 있더군. 벨을 누르고 기다리는 손님처럼."

"잠깐만요."

여자는 식기건조대에서 플라스틱 반찬통을 꺼내 바닥에 흩뿌려진 돼지고기를 주워 담기 시작했다.

"그건 뭐하게?"

"녀석이나 주려고요."

"야옹이가 돼지고기도 먹나?"

"그래 봬도 호랑이랑 친척이잖아요."

"요리나 마저 해요."

남자가 반찬통을 낚아채며 말했다.

남자는 한 손에 비닐장갑을 끼더니 사료를 두어 줌 얹었다. 사소하지만 오래된 습관이 그렇듯 더없이 무덤덤해 보이는 몸짓에는 어딘가 쓸쓸한 구석이 있었다. 남자가 익숙한 동작으로 고양이의 저녁거리를 챙기는 모습을 여자는 미동도 없이 지켜보았다. 움

직이는 것은 시나브로 얇아지며 뒷걸음치는 햇빛뿐. 또다른 하루
가 접시 가장자리에서 금빛으로 저물고 있었다. 여자는 '금혼식'
이라는 말에 자신도 모르게 진저리친 이유를 알 것도 같았다.

"같이 가요."

여자가 남자의 등에 대고 소리쳤다. 손에는 어느새 물통이 들려
있었다.

매우 그렇습니다

어쩌면 모든 일은 불필요한 행운에서 비롯되었는지도 모른다.

여성 흡연 실태에 관한 온라인 설문조사 경품으로 노트북에 당첨된 순간 떠오른 것은 여자친구의 얼굴이었다. 나에게는 할부도 채 끝나지 않은 맥북이 있었고, 여자친구는 연이은 졸업작품 탈락으로 표정에서 웃음기가 사라진 지 오래였다. 누가 봐도 행운이 요긴한 쪽은 내가 아니었다. 여자친구의 노트북으로 말하자면 덩치는 탱크만한 주제에 배터리는 커피잔이 식기도 전에 바닥나 휴대용이라는 타이틀이 민망할 지경이었다. 경품도 최신형은 아니었지만 탱크에 비하면 물 찬 제비나 다름없었다.

"돈이 어딨다고……"

그러면서도 여자친구는 선물의 무게를 두 손으로 가늠해보고 있었다.

횡재 사실은 굳이 얘기하지 않았다. 한푼이라도 더 벌겠다고 설문조사 사이트에 마우스가 닳도록 들락거리는 형편을 털어놓기 싫었고, 정말 가볍네, 하는 달뜬 목소리에서 감동의 기색마저 느껴져서였다. 답례로 저녁을 산 여자친구가 집에 가서 한잔하자며 팔짱까지 껴오자 역시 곧이곧대로 말하지 않기를 잘했다고 생각했다. 적어도 당시에는 그랬다.

여자친구가 혹시 영수증을 보관하고 있느냐고 물어온 것은 다음날이었다. 아르바이트 가는 길에 받은 전화였다.

"영수증이요?"

전동차 소음으로 수신이 어려운 척 시치미를 뗐다.

"한글을 치는데 자꾸 영어로 바뀌네."

나는 하마터면 안도의 한숨을 내쉴 뻔했다.

"한영 전환 키를 건드린 거 아니에요?"

"안 건드렸어. 제멋대로 바뀐다니까."

여자친구의 말이 빨라졌다. 흥분할 때면 나오는 버릇이었다. 이제껏 자판과 씨름했을 모습이 눈에 선했다. 웬만한 일은 혼자 해결하려 드는 성격이었다. 두 살 아래라 못 미더운 걸까. 연인관계로 발전한 지 반년이 넘도록 사소한 부탁이라도 선뜻 해오는 법이 없었다. 한번은 손가락에 붕대를 감고 나타나서는 방충망을 달다가 다쳤다고 태연스레 얘기하는 것이었다. 좋게 말하면 독립적이고 나쁘게 말하면 냉정했다. 좀체 곁을 내주지 않는달까. 처음에는 샴고양이처럼 새초롬한 분위기가 늘씬한 몸매만큼이나 매력적이었지만 이제는 길고양이가 돌아서 내빼는 모습만 봐도 왠지 서운해졌다. 여태 선배라는 호칭을, 말꼬리에서 존칭 어미를 떼지 못한 것은 결코 내 잘못이 아니라는 얘기.

"별일이네. 다른 기능은 어때요?"

"그것 빼고는 괜찮아."

"애프터서비스 신청해요. 구매 후 일 년은 무상일 거예요."

'구매'라는 말이 양심에 찔려서였을까. '무상'이라는 대목에 유난히 힘이 들어갔다. 수리비 걱정일랑 붙들어 매고 어서 서비스센터에 전화하라는 뜻에서. 아니 수리받는 선에서 문제가 일단락되기를 바라는 마음에.

결과적으로 내 바람은 반만 이뤄졌다. 애프터서비스 기사가 여자친구 집의 초인종을 누른 것은 서비스센터에 전화한 지 '하루하고도 반나절이나' 지나서였다. 여자친구의 표현이 그랬다. 이튿날 온 게 어다냐는 말이 혀 위에서 맴돌았지만 입 밖에 내지는 않았다. 정작 신경줄을 잡아당긴 일은 따로 있는 눈치였다. 솔직히 말하면 남의 차를 주차장에 집어넣고 빼내기를 반복하는 동안 속엣말을 삼키는 습관이 몸에 밴 탓이었다. "뭐 이리 오래 걸려?" 고기 탄내를 온몸으로 풍기는 손님들 발치에 자가용을 대령하며 귀에 못이 박이도록 들었던 말. 비싼 차일수록 더했다. 느긋한 얼굴로 이를 쑤시다가도 안면을 싹 바꿨고, 일행과 한담을 나누다가도 갑자기 언성을 높였다. 배때기에 기름칠했으면 주둥이 좀 곱게 놀려라. 뱃속에서는 욕지거리가 치밀었지만 입에서 나오는 것은 매번 죄송하다는 말이었다. 내일부터 안 나와도 된다는 소리를 듣지 않으려면 어쩔 수 없었다.

짐작대로 이런저런 불만이 이어졌다.

"노트북을 한참 만지더니 시작 프로그램을 새로 깔아야 된대. 버그 같다면서. 그런가보다 했지. 중요한 데이터라도 있느냐고 묻길래 없다고 했더니 복구 시디를 꺼내 돌리더라고. 허사였어. 고개를 갸우뚱거리면서 포맷을 또 하는 거야. 컴맹인 내가 봐도 아니다 싶었는데 역시나였지. 그런데 웬걸? 그 짓을 한번 더 하는 거야."

"그래서요? 고쳤어요?"

"고치긴. 도로아미타불이었지."

"교환해야 된대요?"

"그게 좀 어이가 없어."

"무슨 말이에요?"

"여기저기 전화를 돌리더니 한영 자동 변환 기능을 끄면 된대."

"괜찮겠어요?"

"이 모델이 다 그렇다네. 뭣도 모르면서 무식하게 포맷하는 바람에 애먼 프로그램만 날렸잖아. 실력이 없으면 싹싹한 맛이라도 있든가. 물어도 도통 설명이 없어. 여자라고 무시하는 것도 아니고."

이 대목에서 뭐라고 대꾸했던가. 그만하길 다행이네요? 쓰는데 지장 없다니 됐네요? 진짜로 중요한 것은 말이 아니라 말이 되지 못한 어떤 감정이었다. 여자친구가 그런 식으로 나올 때마다 앙가슴에서 꿈틀하는 그 무엇. "내가 남자였어도 그랬을까?" 졸업작품 불합격의 이유를 성별 탓으로 돌렸을 때도. "여자가 뭐하러 힘들게 영화를 찍어. 집안에 들어앉아 편하게 소설이나 쓰지" "여기는 수컷들의 세계야. 노가다판, 아니 전쟁터라고" "여자 스태프는 노 생큐야. 분내 풍기는 것들은 뻑하면 눈물바람이거든. 까라면 까야지" 등등의 성차별적 발언을 열거하며 학과 교수들을 성토했을 때도.

솔직히 여자친구의 말에 백 퍼센트 공감할 수는 없었다. 졸업심사에 합격한 여학생이 없는 것도 아니라잖나. 더 솔직히 말하면 꼭 영화여야 하나 싶었다. 조명판을 맡고서는 몇 날 며칠 젓가락도 못 들어올리고, 편집한다며 남학생들과 날밤을 예사로 새고, 계절에 상관없이 시키면 잠바때기만 걸치고 다니는 모습이 마뜩잖았으니까.

여자친구가 보내오는 이상 징후를 감지했다면 이후의 전개는 좀 달라졌을까. 유감스럽게도 나는 수리 여부에만 마음을 쓰느라 무심히 흘려듣고 말았다. 좀 예민해졌다 여기며. 시간이 가면 나아지겠거니 막연히 기대하면서.

달이 바뀌고 어느 날, 카페에 들어선 내 눈에 노트북 자판을 두드리는 여자친구의 모습이 반갑게 들어온 것도 그래서였다. 훌훌털어냈구나. 여자친구의 얼굴에서는 더이상 무기력한 기색을 찾아볼 수 없었다. 오히려 자판을 부서져라 두들기는 서슬이 두려울 정도였다. 감히 말을 붙일 수 없을 만큼.

"언제 왔어?"

맞은편에 숨죽이고 앉아 있던 나를 발견하자마자 여자친구는 노트북을 급히 닫았다.

"필 좀 받았나봐요?"

내가 싱글거리며 물었다.

"다 엎고 새로 써보려고."

"벌써 시작한 거예요?"

"제목만 정했어."

"뭔데요?"

"고양이를 돌보는 저녁."

"어딘가 문학적이네요."

"좋아하는 시 제목을 살짝 바꿨어."

"무슨 내용이에요?"

"비밀이야."

여자친구가 정색하며 말했다.

"노트북은 별문제 없어요?"

머쓱해진 나는 괜히 자세를 바꾸며 물었다.

"소리가 나."

"소리요?"

"위이잉, 하는 소리 안 들려?"

"잠깐만요."

나는 노트북 쪽으로 귀를 가져갔다. 카페 스피커에서 흘러나오는 노랫소리만 더 크게 들렸다.

"냉각팬 소리겠죠."

"그 인간하고 같은 소리네."

"그 인간이요?"

"노트북 고치러 온 남자."

그제야 나는 기억 저편으로 밀려나 있던 한 사내를 떠올릴 수 있었다.

"또 불렀어요?"

"안 나던 소리야. 포맷을 세 번이나 하기 전까지는."

"당사자는 뭐래요?"

"그럴 리 없대."

"아무 조치도 안 취했어요?"

"너처럼 노트북에 귀를 바짝 대고 고개를 갸웃거린 게 다야. 땀을 삐질삐질 흘리면서. 그러다 불쑥 화장실 좀 써도 되느냐고 묻더라고."

아우디를 BMW와 폭스바겐 사이에 끼워넣느라 가슴 졸이던 기억이 불쑥 떠올랐다. 시동을 끄고 보니 가죽 핸들 커버에 얼룩이 선명했다. 식은땀 자국이었다. 기름때 제거제를 뿌려가며 팔이 빠져라 닦으면서도 조마조마했다. 차가 그새 더러워졌다고 생트집 잡는 손님도 있었으니까. 영구차 모냐는 조롱에도 흰 면장갑을 고집하게 된 곡절을 되새기고 있자니 일면식도 없는 사내에게 안쓰러운 마음이 일었다.

"땀이 많이 났나보네요."

"노트북을 들고 들어가더라고."

"조용한 데서 확인해보려고 그랬나?"

"여자 혼자인 집 화장실에는 왜 들어가? 문까지 닫고."

그렇게 눈을 크게 뜰 일인가 싶었지만 내색하지는 않았다.

"그래서 뭐래요? 노트북에 문제가 있대요?"

"한참 만에 나오더니 이러는 거야. 노트북에는 이상이 없는 것 같습니다."

"맞네. 일부러 조용한 데로 갔네."

"여드름 자국도 안 가신 주제에 홀아비 냄새는 어찌나 풍겨대던지."

"땀을 많이 흘렸다면서요?"

"왜 자꾸 역성을 들어?"

"무슨 소리예요?"

"지금 그 인간 편을 들고 있잖아."

"냄새가 났다니까 하는 소리잖아요."

"너도 남자다 이거야?"

가슴 한복판에서 뭔가가 다시 꿈틀했다.

"그런 말이 어딨어요."

"말하면서도 사람은 안 쳐다보고 자꾸 두리번댔다니까. 뭔가를 염탐하는 사람처럼. 그러다 기습적으로 온몸을 훑는데 얼마나 불쾌했는지 알아?"

여자친구가 버럭 소리쳤다.

듣고 보니 좀 수상쩍기도 했다. 그래서였을까. 맞장구는커녕 공연히 어깃장을 놓고 싶어졌다. 나 같은 남자친구가 어딨냐고. 기운 내라며 선물을 안긴 사람한테 할 소리냐고. 그 물건 값을 손에 넣으려면 몇 천 몇 만 대를 주차해야 하는지, 뭘 그리 꾸물거리느냐는 핀잔을 몇 초마다 한 번씩 견뎌야 하는지 아느냐고.

불행인지 다행인지 목젖까지 꿈틀거리며 올라온 무언가를 입 밖에 꺼내놓을 기회는 없었다. 여자친구가 벌떡 일어나 흘끔거리는 주위의 시선을 가르며 카페를 빠져나가버린 것이다. 주저앉힐 겨를도, 붙잡을 새도 없이.

나는 얼굴이 벌게진 채 맞은편에 놓인 컵으로 손을 가져갔다. 여자친구가 마시던 물이었다. 물이 식도를 타고 내려가자 몸이 부르르 떨렸다. 심장에 살얼음이라도 낀 것 같았다.

심장의 살얼음은 쉽사리 녹지 않았다. 영영 안 볼 사이처럼 차갑게 돌아섰을 때조차 사흘도 못 가 말을 섞곤 했지만 이번만큼은 달랐다. 번번이 내 쪽에서 화해의 손길을 내밀었다는 데 생각이 미치자 괜한 오기가 발동했다. 마침 기말시험 기간이라 외로울 새도 없었다. 문제는 손가락이었다. 벽을 마주한 채 밥을 먹거나 만원 지하철에 몸을 맡기고 있자면 나도 모르게 카톡 메시지를 입력하고 있었다. 손가락을 멈추기 위해서는 여자친구가 함부로 구는 원인이 이쪽의 저자세에 있다는 결론을 곱씹어야 했다. 한 번쯤 숙이고 들어올 법도 한데. 여자친구는 기말시험이 끝나도록 감감무소식이었다.

여자친구가 자정 넘어 불쑥 연락해온 것은 무엇으로 다퉜는지조차 어렴풋해질 무렵이었다. 그때까지 버틸 수 있었던 원동력은 승부욕이었을까. 휴대폰에 익숙한 이름이 뜨는 순간 나는 마음속으로 주먹을 불끈 쥐었다.

"여보세요."

속내를 들키지 않으려고 자다 깬 목소리로 받았다.

"집에 좀 와줄 수 있어?"

"지금요?"

"응."

"왜요?"

나는 어느새 겉옷을 집어들고 있었다. 여자친구가 뭔가를 부탁하기는 처음이었다. 그것만으로도 마다할 이유가 없었다.

"혼자 있기 싫어서 그래."

귀가 의심스러웠다. 여자친구 입에서 나온 말이라고 믿기 힘들었다.

"무슨 일 있어요?"

"말하자면 길어. 오면 얘기해줄게."

집을 나서는 걸음이 분주해졌다. 무시무시한 공포영화라도 본 걸까? 불현듯 옆구리가 시려왔을까? 혹시 극적인 화해를 연출하려고? 야릇한 기대감으로 심장박동이 빨라졌다. 택시를 잡기 전에 가글액과 콘돔을 산 것도 그래서였으리라.

반지하의 현관문 앞에 서기까지 숱한 그림이 뇌리를 스쳤지만 정작 맞닥뜨린 상황은 의외였다.

"누가 날 지켜보는 것 같아."

방이 후끈한데도 여자친구는 담요를 머리끝까지 뒤집어쓴 채였다.

"무슨 소리예요?"

"머리 감다 느낌이 이상해서 쪽창을 올려다보니 뭔가 어른거리다 휙 사라지는 거야."

여자친구가 몸을 파르르 떨었다. 이마를 짚어보았지만 열은 없었다.

"얼굴은 봤어요?"

"그놈일 거야."

여자친구가 미간을 모으며 말했다.

"누구요?"

"컴퓨터 기사."

"노트북 고치러 왔던 사람이요?"

여자친구가 고개를 끄덕였다.

"왜 그 사람일 거라고 생각해요?"

"팬티가 없어졌어."

"네?"

"두번째 출장 온 날부터 보이지 않아."

"화장실 쓴 날이요?"

"빨래 바구니에 던져뒀는데 감쪽같이 사라졌어. 호피무늬 팬티."

"호피무늬도 입어요?"

"아끼던 거였는데."

"완전 변태 새끼네."

치미는 분을 주체할 수 없었다.

"근데 지난번 만났을 때는 왜 얘기 안 했어요?"

의구심을 품어온 게 미안해져 나는 한껏 목소리를 높였다.

"팬티요? 하고 큰 소리로 되물었겠지. 카페에 있던 사람들 다 듣도록."

"신고해야 하는 거 아니에요?"

"물증이 없어서……"

"집을 뒤지면 나올 텐데. 영화 보면 그런 새끼들은 무슨 전리품인 양 차곡차곡 모아두잖아요."

"밤새 있어줄 거지?"

"그럼요."

여자친구가 어깨에 머리를 기대왔다.

"변태 새끼, 이 몸한테 걸렸으면 뼈도 못 추렸을 텐데."

나는 가슴을 펴고 큰소리쳤다.

"어떻게 지냈어?"

여자친구가 내 팔뚝을 쓸며 물었다.

우리가 냉전중이었다는 사실을 나는 그제야 떠올렸다. 연락이 끊긴 며칠 가슴속을 무대 삼아 펼쳐졌던 감정의 드라마가 불현듯 되살아나면서 심장 주변으로 어떤 열기가 모여드는 게 느껴졌다.

여자친구의 입술에 내 입술을 천천히 포갰다. 이내 둘의 혀는 한덩어리가 되었다. 손이 여자친구의 가슴께로 내려갔다. 또다른 심장의 온기가 손바닥에 고스란히 전해지더니 온몸으로 퍼져나갔다. 숨결은 가빠지고 손길은 절박해졌다.

"오늘은 안 되겠어."

여자친구가 팬티 속으로 미끄러져 들어가는 손을 멈춰 세웠다.

"생리중이에요?"

"며칠 신경을 곤두세웠더니 엄청 피곤하네. 다음에."

"그, 그래요."

실망스러웠지만 나는 애써 아무렇지 않은 척했다.

"불 좀 꺼줘. 어젯밤에도 제대로 못 잤어."

나는 군말 없이 불을 끄고 여자친구 곁에 나란히 누웠다.

"기말시험은 잘 쳤어?"

귀밑 어둠 속에서 여자친구의 목소리가 들려왔다.

나는 밀린 근황을 들려주었다. 기말시험에 예상문제가 얼마나 많이 나왔는지, 람보르기니를 어떻게 한 방에 집어넣었는지. 둘 사이에 아무 일도 없었던 양 떠들고 있는데 어떤 의문 하나가 뇌리를 스쳤다. 이 사달이 나지 않았어도 먼저 연락해왔을까? 기다리다 지쳐 이쪽에서 백기를 들었을지도 모른다. 어쩌면 그대로 헤어지게 되었을 수도. 어느 쪽이든 왠지 마음이 차분해지고 말았다.

쌔근거리는 숨소리가 들려오자마자 여자친구 머리 밑에서 팔을 조심조심 빼냈다. 저린 팔을 주무르며 화장실로 들어가 차가운 변기에 걸터앉아 있노라니, 피가 식으면서 억눌려 있던 의구심이 다시 고개를 들었다. 노트북 고치러 와서 팬티를? 남자친구도 구경 못한 호피무늬를?

담배를 꺼내 불을 붙이고 보니 쪽창이 닫혀 있었다. 창을 열기 위해 뻗은 손을 거둬들이던 내 눈길이 무심코 아래로 향했다. 순간 얼룩덜룩한 물체가 시야에 들어왔다. 세탁기와 타일 벽 틈새에 낀 그것은 색이 바래고 늘어진 팬티였다. 호피무늬 팬티.

"어떻게 된 거야?"

이튿날 아침, 팬티를 눈앞에 내밀자 여자친구가 빼앗듯 낚아채며 물었다. 내가 할 소리였다.

"세탁기 뒤에 있던데요."

"그럴 리가."

"네?"

엄연한 증거 앞에서도 의심을 거두지 않는 여자친구가 답답했다. 멀쩡한 사람을 스토커로 몬 게 민망해서일까. 그렇지 않고서야.

"그놈이 온종일 뒤를 밟았다고."

"언제요?"

"사흘 전."

"자세히 말해봐요."

"졸업영화제 보러 다녀오는 길에 누가 계속 따라오는 느낌이었어. 집 앞 골목에서 휙 돌아봤더니 눈에 익은 뒷모습이 보였어. 지하철 승강장에서도 봤던 바로 그 뒷모습. 작달막한 키에 까만 롱 패딩."

확실하냐는 물음이 입안에서 맴돌았다. 남자들이 지나가는 젊은 여자를 흘깃거리는 거야 파리가 다리 비비는 것만큼이나 자연스러운 일 아닌가. 내 경우에도 자석에 이끌리듯 고개가 돌아간 적이, 눈이 마주치는 바람에 허둥지둥 시선을 거둬들인 적이 없다고는 말 못하리라. 슬쩍 쳐다보는 것과 뒤를 밟는 것은 완전히 다르다는 얘기. 게다가 작달막한 키에 검정 롱 패딩이라니. 나부터도 그렇고, 아닌 놈을 찾는 게 훨씬 빠르지 않을까.

"후드도 달려 있었어."

후드 없는 패딩도 패딩인가. 의자에 걸린 내 검정 롱 패딩에도 후드가 달려 있었다.

"지하철이랑 골목길, 둘 다요?"

여자친구는 고개를 힘차게 끄덕였다.

"컴퓨터 기사도요?"

"그런 것 같아."

"그런 것 같다고요?"

"들고 있었거든. 작업복은 또렷이 기억나는데……"

여자친구의 목소리가 점점 작아졌다.

"욕실을 훔쳐보던 놈도요?"

"워낙 순식간이라서…… 어둡기도 했고……"

여자친구는 뭔가를 골똘히 생각하는 얼굴이 되더니 한동안 말을 잇지 않았다.

"설문조사 때문이야. 서비스에 만족하느냐는 물음에 '전혀 그렇지 않습니다'를 눌렀거든."

목소리에 다시 힘이 실렸다.

"그것 때문이라고요?"

나도 모르게 말꼬리가 올라갔다. 여자친구는 이미 짜맞춘 결론의 틈새에 끼워넣을 쐐기를 주워모으고 있었다. 여자라는 이유만으로 졸업 심사에서 퇴짜를 맞았다 믿고 있듯. 뭔가가 다시 시작되는 기분이었다.

"인사상 불이익을 받아 앙심을 품은 거야."

"설문 한 번으로요?"

"한 번이 아냐. 전에도 똑같이 답했거든."

"아무리 그래도……"

"보통 그런 설문에 어떻게 답해?"

"대충 만족스럽다고 하죠. 좋은 게 좋은 거니까. 계약직은 파리 목숨이니까."

"거봐. 평일인데 따라다닌 걸 보면 잘린 게 틀림없어."

어느새 확신을 되찾은 얼굴이었다.

"서비스를 한번 더 신청해요."

"그놈을 또 집에 들이라고?"

"잘렸을 거라면서요?"

여자친구는 선뜻 대꾸하지 못했다. 뜻밖의 제안을 저울질하는 눈치였다.

"혹시 그놈이 오더라도 내가 있잖아요."

이때다 싶어 더 밀어붙였다.

"내 말 안 믿지?"

갑자기 여자친구가 착 가라앉은 음성으로 물었다.

마른침이 절로 삼켜졌다. 본능이 귀엣말로 중요한 순간이라고 속삭였다. 지금까지의 모든 소란은 이 한 장면을 위해 준비된 것 같았다. 어쩌면 우리의 미래가 달렸을 수도 있었다. 부싯돌이 탁 탁 부딪치는 듯한 여자친구의 눈빛을 어금니 꽉 물고 받아낸 끝에 내가 선택한 것은 솔직함과 배짱이었다.

"궁금하지 않아요? 그놈이 어찌됐는지?"

배수진을 치는 기분이었다. 적당히 장단을 맞추며 예전 관계로 돌아가고 싶지 않았다.

여자친구는 나를 몇 초간 물끄러미 바라보더니 명함 한 장을 건넸다. 사진 속 사내는 평범한 인상이었다. 상고머리, 꼬리가 처진 눈, 살짝 불거진 광대뼈, 둥그스름한 하관. 살인 현장에서 눈에 담아뒀더라도 몽타주를 그려낼 수 있을지 자신하기 힘든 얼굴이었다.

연락처는 서비스센터 대표번호만 적혀 있었다.

"에이에스 기삽니다."

밖에서 굵직한 목소리가 들려왔을 때 현관문을 연 것은 나였다. 눈앞에 명함 속 얼굴이 나타났다. 이목구비는 물론 헤어스타일까지 사진 그대로였다. 키는 작은 편이었다.

사내는 들어오지 않고 주위를 두리번거렸다.

"여기 맞아요."

나는 사내의 옷차림을 살피며 말했다. 작업복에 외투를 걸친 채였다. 검정 롱 패딩. 후드는 달려 있지 않았다.

"아, 안녕하십니까."

사내는 그제야 운동화를 벗고 안으로 들어왔다.

"노트북이 느려지셨다고요?"

서비스를 신청하면서 상담원에게 둘러댄 핑계였다.

"안녕하십니까."

사내는 여자친구에게도 인사말을 건넸다. 숫기가 없어서였을까. 나한테와 달리 시선을 주지는 않았다.

"다른 문제는 없습니까?"

사내가 노트북 앞에 앉으며 물었다.

지난 두 번의 방문이 여자친구의 기억 속에서만큼 인상적인 자리를 차지하고 있지 않은 걸까. 사내는 처음 만지는 노트북인 것처럼 굴었다. 소리가 난다는 클레임은 흔치 않을 텐데. 노트북을

화장실까지 들고 간 경우도 드물 테고. 하긴 혼 빼는 재주가 공포
의 경지에 오른 진상 손님도 시간 앞에서는 맥을 못 추니까. 차창
에 새똥이 묻었다며 사장 불러오라고 핏대를 세우던 사람조차 며
칠 못 가 얼굴이 가물가물해졌으니까. 그만큼 머릿속에서 지워버
리고 싶은 마음이 간절했는지도 모르지만.

"거북이는 아니시네요. 쿠키나 임시 파일 같은 게 쌓이면 속도
가 느려지십니다."

마우스 위의 손놀림이 점점 빨라졌다. 뭔지 모를 화면들이 순식
간에 나타났다 사라졌다. 시스템 상태를 체크하는 듯했다. 미심쩍
은 구석은 딱히 보이지 않았다. 서비스 마인드가 몸에 밴 기술자.
내가 남의 차 핸들 대신 컴퓨터를 만지게 되었다면 얼추 그런 모
습이 아닐까 싶었다.

"청소 프로그램을 깔아드릴 테니 습관처럼 한 번씩 돌려주시면
되겠습니다."

사내가 흘깃 곁눈질하며 말했다. 여자친구가 서 있는 쪽이었다.
정확히는 여자친구 가슴께. 뭐지? 마음 한구석이 서늘해졌다. 나
를 보자마자 눈이 동그래지던 장면도 새삼 미심쩍게 다가왔다. 여
자친구가 제대로 본 건지도 모른다는 생각이 들었지만 그리 오래
가지는 않았다. 겨울인데도 사내는 무좀 양말을 신고 있었다. 묘
하게 들리겠지만, 발가락 하나하나의 윤곽을 고스란히 드러낸 면
양말이 눈에 들어온 순간 마음속에 스멀스멀 번져가던 의구심이

깨끗이 걷혀버렸다.

"안녕히 계십시오. 사용하시다 불편한 점 있으시면 언제든 연락 주십시오."

운동화를 서둘러 발에 꿰면서도 사내는 서비스 직원 본연의 자세를 잊지 않았다.

"봤지? 엉뚱한 데 보며 말하는 거."

현관문이 닫히기 무섭게 여자친구가 말문을 열었다.

"눈을 못 마주치기는 하네."

"'속도가 느려지십니다'는 또 뭐야."

"'차 나오셨습니다'라고 안 하면 역정내는 손님도 있어. 왜 존댓말 안 쓰냐고."

"진짜?"

"한번은 그렇게 말하고도 욕먹었어. 눈이 삐었냐고, 그냥 차로 보이냐고. 페라리였거든. 페라리 나오셨습니다. 아니다. '페라리님 나오셨습니다'가 맞겠네."

"정말이야?"

"지어냈다는 거야?"

"그게 아니라, 너무 황당해서."

여자친구가 변명하듯 말했다. 세상 물정도 모르면서 영화 찍겠다고 덤비냐는 탄식이 마음속에서 절로 터져나왔다. 한편으로는 내 눈치를 보는 듯한 기색이 싫지 않았다. 주도권이 넘어온 느낌이랄까.

"그나저나 어떻게 생각해?"

"뭘?"

"잘린 게 아니네."

"글쎄."

역시나 한풀 꺾인 목소리였다.

"후드도 없잖아."

"탈부착식일 수도 있지. 그런데 언제부터 반말이야?"

불의의 일격에 나는 움찔했다. 하지만 여기서 물러서면 죽도 밥
도 안 될 일이었다.

"지금 그게 중요한 게 아니잖아. 아직도 이놈이 그놈이라고 생
각해?"

나는 배꼽에 힘을 딱 주고 버텼다.

"그날 월차를 냈을 수도 있잖아."

"종일 뒤나 밟자고 금쪽같은 월차를 쓴다고? 오늘 잘리면 몇 푼
이나 쥐게 될지 셈해본 적이 있다면 그런 말 못하지."

"알바 좀 뛴다고 유세 떠는 거야?"

"환장하겠네. 선물은 괜히 해서……"

"노트북 사달라고 한 적 없거든."

"별로라는 소리야?"

"비약이 너무 심하네. 어쨌든 그놈이 만진 뒤로 소리가 점점 크

게 나는 건 확실하다고."

여자친구가 항변하듯 외치더니 화장실에 들어가 문을 쾅 닫았다.

"좋아. 그럼 그것도 확인해보자고."

나는 씩씩거리며 책상 앞에 앉았다. 노트북을 노려보다 뭔가에 끌리듯 마우스를 움켜쥐었다. 바탕화면에 떠 있는 어떤 파일 때문이었다. '고양이를 돌보는 저녁'. 어느새 내 손은 파일을 열고 있었다.

#1. 카페/낮

전혀그렇지않습니다……

"뭐해!"

등뒤에서 여자친구의 비명 같은 외침이 들려왔다. 하지만 마우스에서 손을 뗄 수 없었다. 페이지를 넘겨서도 계속 이어지는 글자들이 진실을 말해주고 있었다. 예감이 맞았다. 여자친구는 상태가 심각했다.

"허락도 없이 누구 맘대로 열어보는 거야?"

여자친구가 소리를 지르며 노트북을 황급히 덮었다.

"전에 본 영화 흉내낸 거야. 〈샤이닝〉이라고 들어봤지? 글이 안 써져서 미쳐가는 작가에 관한 얘긴데……"

여자친구가 뭔가를 주워 담는 사람처럼 빠르게 말을 쏟아냈다.

"은별아."

나는 여자친구의 손을 감싸듯 잡으며 말했다.

여자친구는 놀라는 기색이 역력했다. 입은 살짝 벌어진 채로 눈은 허공을 더듬고 있었다. 온몸으로 감지한 어떤 타격을 뒤미처 깨달아가는 눈빛 같기도 했고, 무언가를 필사적으로 붙들려는 눈빛 같기도 했다. 눈동자에 물기가 어리는가 싶더니 이내 눈물이 그렁그렁했다. 여자친구가 눈물을 비치기는 처음이었다. 나는 말없이 티슈를 건넸다. 여자친구와 나 사이에 놓여 있던 무언가의 방향이 백팔십도 바뀌었는데 그게 뭔지는 알 수 없었다.

"밤마다 잠을 못 자. 낮에도 멍하기만 하고. 시나리오 쓴다고 카페에 앉아 있으면 어느 순간 노트북 배터리가 바닥나 있는 거야. 대체 뭘 했는지 떠오르지 않아. 그러다 밑도 끝도 없이 분노가 치밀어. 내가 왜 이러는지 모르겠어."

"언제부터?"

"좀 됐어."

"졸업작품 떨어지고?"

"모르겠어."

"병원에는 가봤어?"

"수면제나 처방해주겠지."

"일단 잠이라도 잘 자야 하잖아."

"그건 그래."

딴에는 낯 붉히는 상황까지 무릅쓰고 건넨 말인데 선선히 받아들여서 당황스럽기까지 했다. 나는 여자친구가 코 푸는 모습을 홀린 듯 바라보았다. 몇 분 전까지만 해도 상상 못할 장면 속에 들어와 있었다.

"괜찮아질 거야. 다 잘될 거야."

나는 여자친구를 안고 등을 토닥였다. 비로소 진짜 남자친구, 아니 보호자가 된 느낌이었다.

"당분간 엄마한테 가 있을까봐. 천천히 추스르면서 시나리오도 새로 구상하고. 그래서 말인데 저 아이들 좀 돌봐줄 수 있어?"

여자친구가 창문께로 눈길을 주며 말했다. 창턱에는 율마 화분 세 개가 나란히 놓여 있었다.

약속을 지키기 위해 여자친구의 방을 다시 찾았다. 주인 없는 집에는 온기 한 점 남아 있지 않았다. 보일러 스위치를 켜고 화분을 화장실로 옮겼다. 화분받침이 흘러넘치도록 물을 흠뻑 줘야 불순물이 씻겨나간다고, 여자친구가 일러준 대로였다.

샤워기를 집어드는데 전에 맡아본 적 없는 역한 냄새가 훅 끼쳐왔다. 빨래 바구니는 비어 있었다. 수챗구멍도 깨끗했다. 고개를 숙이고 코를 킁킁거려보았다. 냄새의 진원지는 내 몸이었다. 땀냄새는 아니었다. 퀴퀴하고도 비릿한 게 무언가가 홀로 썩어가며 풍길 법한 냄새였다. 화분을 한쪽으로 밀어두고 옷을 남김없이 벗었다. 채 데워지지 않아 서늘한 물줄기 아래에서 비누칠을 해가며 몸을 구석구석 씻어냈다.

어떤 선득한 기운이 목덜미를 스친 건 벗어둔 스웨터 안쪽에 머리를 들이밀려던 찰나였다. 나는 번쩍 고개를 들었다. 쪽창 너머로 희뿌연 그림자가 어른거렸다.

"누구야!"

스웨터를 내던지고 득달같이 뛰쳐나갔다. 건물 밖으로 나서니 저만치 골목을 빠르게 내려가는 실루엣 하나가 시야에 들어왔다.

"거기 서!"

나는 고함치며 내달렸다.

젖 먹던 힘까지 다했지만 거리는 좀체 좁혀지지 않았다. 인상착의는 고사하고 옷차림조차 어렴풋했다. 날은 깊이 저물고 새어나오는 불빛은 희미했다. 가로등 밑으로 거무스레한 덩어리가 불쑥 나타났다 이내 어둠과 한몸이 되었다. 허깨비라도 쫓는 기분이었다.

나는 외마디 비명을 내지르며 펄쩍 뛰어올랐다. 발바닥에 날카로운 통증이 느껴졌다. 그제야 신발을 신지 않았다는 사실을 깨달았다. 발바닥을 쓸어보았다. 뭐가 박히거나 살갗이 찢긴 것은 아니었다.

고개를 들어보니 검은 그림자는 온데간데없었다. 애당초 존재하지 않았던 것처럼. 충분히 가능한 얘기였다. 안경도 쓰지 않은 채였고 쪽창은 김이 서려 뿌옇지 않았던가. 여자친구가 그랬듯 헛것을 봤을지도 모른다. 망상도 전염되는 걸까. 갑자기 팔뚝에 오스스 소름이 돋았다. 러닝셔츠 밖으로 드러난 어깨가 절로 움츠러들었다.

서둘러 길을 되짚어가다 문득 걸음을 멈췄다. 가로등이 드리운 빛 가장자리에 운동화 한 짝이 나뒹굴고 있었다. 멀쩡해 보이는데 왜 버렸을까. 주변을 둘러봐도 다른 짝은 눈에 띄지 않았다. 무심코 발을 집어넣어보았다. 거짓말처럼 딱 맞았다. 아쉬운 대로 맨발 신세를 면한 쪽에 체중을 실으며 나는 절뚝절뚝 비탈을 오르기 시작했다.

수학과 불

1

킴은 땜장이였지만 쇠붙이를 만지는 일은 없었다. 문장과 단락을 때우는 땜장이, '팅커'. 위키피디아에도 아직 등재되지 않은 신종 직업이었다. 세상에 그런 일이 있을 거라고 킴은 상상도 못했다. 노인고용안정센터에서 인터넷을 뒤적이다 묘한 구인광고를 보기 전까지는.

수학과 불.

회사명이 눈에 들어왔을 때 킴의 뇌리를 스친 것은 흰 가운을 걸치고 현미경을 들여다보는 사람들이었다. 하지만 이내 생각을 바꾸지 않을 수 없었다. 화면 하단의 수수께끼 같은 문구에서 한

아르헨티나 작가를 떠올린 것이다. 문학은 수학과 불로 이루어진 다던 그의 말도. 그래도 설마 했다. 그 작가도, 작가가 평생을 바친 일도 잊힌 지 오래였다. 소설가라는 직업이 국제표준직업분류에서 사라진 게 언젠데. 뒷마당을 파다 해골이라도 발견한 기분이랄까. 삽날에 닿은 무엇이 정말 해골이었다면 경찰에 신고하거나 구덩이를 도로 메웠겠지만 킴은 엔터키를 눌렀다. 찬밥 더운밥 가릴 처지가 아니었고 뭔가 싶기도 했다.

2

궁금증을 풀기 위해서라도 킴은 일단 일거리를 맡아야 했다. 원고는 이메일로 받았다. 발신자는 '알렉세이 알렉산드로비치 카레닌의 귀'였다.

"안나 카레니나."

킴은 저도 모르게 중얼거렸다.

'알렉세이 알렉산드로비치 카레닌'은 주인공 '안나'의 남편. 물론 작가, 톨스토이가 창조한 독특한 이름은 아니지만 '귀'라는 단어가 붙으면 얘기가 달랐다. 한번 읽으면 잊히지 않는 장면이 있다. 안나가 역으로 마중나온 남편을 발견하는 대목처럼.

페테르부르크에서 기차가 멈추자마자 안나는 내렸다. 맨 먼저 눈에 띈 것은 남편의 얼굴이었다. '세상에! 저이의 귀는 어찌 저렇게 생겼을까?' 안나는 남편의 차갑고 위엄 있는 풍채와 무엇보다 자신을 놀라게 만든, 둥근 모자챙을 받치고 있는 귀를 쳐다보며 생각했다.

무도회에서 만난 젊은 장교를 잊지 못하는 안나, 그녀의 일상은 금이 가기 시작했다. 톨스토이의 위대함은 내면의 균열을 (익숙한) 신체 부위에 대한 (낯선) 인상으로 표현한 데 있다. 그런데 알렉세이 알렉산드로비치 카레닌이라니. 작중인물에서 따왔더라도 굳이 풀 네임을 써야 했을까? 킴은 연방 도서관 데이터베이스에 접속했다. 역시 톨스토이의 소설에서 안나의 남편은 '알렉세이 알렉산드로비치'로 불리고 있었다. 킴이라면 아이디를 '알렉세이의 귀'로 지었으리라. 중요한 것은 '귀'였으니까.

의아스러운 구석은 그뿐만이 아니었다. 메일에는 첨부파일 외에 어떤 말도 적혀 있지 않았다. 의례적인 인사도, 작업시 가이드라인으로 삼을 만한 언급도 없었다. 풀 네임을 고집한 사람답지 않았다. 일견 상반돼 보이는 두 사실에는 한 가지 공통점이 있었다. 어딘가 비인간적이라는 점. 그래서였을까. 텅 빈 화면을 보고 있자니 킴은 가슴 한편이 선득해졌다.

첨부파일명은 '소냐의 선택_1고'였다.

원고를 살피던 킴은 실소를 금할 수 없었다.

그날 이후 소냐는 기차만 바라보면 유방이 붕괴됐다.

초창기 번역 프로그램이나 저지를 법한 오류였다. 입력창에 "The early bird catches the worm"을 입력하면 "그 초기에 새 그 구더기 파악한다" 따위의 엉터리 문장을 뽑아내는. 혹시 컴퓨터 프로그램으로? 불가능한 얘기도 아니었다. 스탠퍼드인가 어딘가의 연구팀이 실리콘 밸리의 IT 업체와 공동으로 스토리텔링 프로그램을 개발했다는 소식을 들은 게 벌써 사반세기 전이었으니.

셰에라자드. 프로그램명을 둘러싼 엉뚱한 소란 탓에 잊으려야 잊을 수 없는 이름이었다. 발단은 파이낸셜 타임스에 실린 칼럼이었다. '오피니언'이라는 꼭지명 밑에는 "당신은 무슬림인가?"라는 질문을 전가의 보도처럼 휘두르는 논객의 사진이 실려 있었다. 사진 속 인물에 따르면 "이슬람의 먹구름이 개척정신의 보루까지 집어삼켰"고 "간교한 셰에라자드의 입을 다물게 하는 방법은 목을 베는 것뿐"이었다. 최초의 스토리텔링 프로그램에 관한 글이 틀림없었다.

연구팀의 책임교수는 즉각 반발했다. 종교적, 인종적 편견에 근거한 마녀사냥이 도가 지나쳤다고 목소리를 높인 뒤, "우리가 만든 프로그램이 무슬림이면 나도 무슬림"이라고 일갈했다. 맞은편에 선 사람에게 무슬림인지 물을 기회를 잃은 게 분했는지, 문제의 논객은 상대가 무슬림임을 자백했다며 떠들어댔고 적지 않은 언론이 받아 적었다. "스토리텔링 프로그램 개발자, 충격 발언" "나는 무슬림이다" "명문대 교수의 고백, 엄청난 파장 불러올 듯". 하나같이 충격과 파장을 불러일으키기에 모자람이 없는 제목이었다. (과연!) 전통적 공화당 지지자들의 혈압이 일제히 급상승했다. 『아라비안나이트』를 두바이 어느 뒷골목 클럽쯤으로 짐작하는 사람들의 분노가 특히 맹렬했다. "사태가 걷잡을 수 없이 커질 듯" 하다는 기사가 이어졌고, 우려로 포장된 기대는 (언제나처럼!) 결국 기정사실이 됐다. 해당 대학교는 감사를, 관련 IT 업체는 세무조사를 받기에 이른 것이다.

떠들썩한 소란의 결과는 (노상 그렇듯) 한 줄도 보도되지 않았다. 뒷말만 무성했다. 십중팔구 음모론에 기댄 것이었다. 홍보를 노린 노이즈 마케팅이었다는 설은 가장 악의적이어서 널리 받아들여졌다. 이슬람 무장단체가 뒷돈을 댔다는 의혹과 제작 목적이 지하드 이데올로기 유포라는 주장이 입증한 한 가지 진실은 일련의 해프닝이 프로그램의 성능과 무관하다는 점이었다.

물론 최초의 스토리텔링 프로그램은 줄거리를 엮어내는 수준에 불과했다. 하지만 소설을 써내는 프로그램이 개발되었대도 이상할 게 없을 만큼 세월이 흘렀다. 킴은 글을 계속 읽어나갔다.

기억을 잃어버린 '소냐'는 기적만 들으면 알 수 없는 슬픔에 빠져들어 무작정 기차에 올라타곤 한다. 한곳에 머물 수 없는 삶. 곳곳을 떠돌다 아프리카의 커피 농장까지 흘러든다. 한눈에 반해 애정 공세를 퍼붓다 급기야 결혼을 청하는 농장 주인. 하지만 '안갯속을 헤매는 듯한' 기분으로 살아가는 소냐는 선뜻 마음을 정하지 못한다.

그러던 어느 날 농장에 들이닥친 도적떼에게 소냐가 납치당하고 농장 주인은 일꾼들을 이끌고 도적떼를 뒤쫓는다. 도적떼를 무찌른 청혼자를 보며 '세상에! 저이의 귀는 어찌 저리 잘생겼을까?'라고 생각한 순간, 소냐는 잃어버린 과거를 되찾는다. 무도회에서의 격정적인 춤, 말에서 떨어지는 젊은 장교, 죽음의 문턱까지 이끈 지독한 열병, 그리고 비운의 이름 안나, 안나 카레니나.

역시! 킴은 낮게 휘파람을 불었다. 뒷이야기를 마저 읽지 않을 수 없었다. 소냐, 아니 안나는 청혼자에게 과거를 털어놓는다. 완전한 결합을 위해서는 감추는 게 없어야 한다는 믿음 때문이었다. 커피 농장 주인은 그녀가 "예전에 누구였든, 어떻게 살아왔든 청혼을 거둬들이는 일은 없"으리라 다짐한다.

원작과 달리 『소냐의 선택』은 해피 엔딩이었다. 첫 문장이 새삼 의미심장하게 다가왔다. "불행의 이유는 엇비슷하지만 행복의 이유는 각양각색이다." 어디선가 들어본 듯하더니. 그제야 킴은 원작의 첫 문장을 기억해냈다. "행복한 집은 이유가 엇비슷하지만 불행한 집은 저마다 까닭이 다르다." 그러고 보니 이야기의 톤과

문체도 원작과 흡사했다. 심지어 아프리카에 대규모 커피 농장이 들어서게 된 역사적, 사회적 배경을 짚는 대목에서는 톨스토이 특유의 계몽적 태도마저 엿보였다. 킴은 눈앞의 원고가 『안나 카레니나』의 (결말을 뒤집은) 속편이라는 결론에 도달했다.

3

먹고살기 위해 킴은 안 해본 일이 없었다. 인디언 분장을 하고 서부극에 출연하기도 했고, (멸종된 펭귄 대신) 펭귄 슈트를 뒤집어쓰고 남극 관광객과 기념촬영도 했다. 모든 어종을 양식장에서 기르기 전에는 원양어선에 몸을 싣기도 했다. 세탁만 빼고 뭐든 다 했다. 개중 가장 별난 일은 기억조차 가물가물한 두번째 직업이었다.

한때 킴은 소설이라는 것을 썼다. 육체노동 일색인 프로필에서 튈 수밖에 없는 이 경력은 첫번째 직업에 힘입은 바 컸다. 외줄에 매달린 채로 마천루를 광낸 경험이 없었다면 책을 내지 못했으리라. 데뷔작 『바벨의 눈동자』는 마천루 유리창 너머로 엿본 인간 군상에 대한 신화적 상상의 결과물이었다.

한 정신분석학자는 말했다. 세상 모든 지붕 밑에서는 신들의 드라마가 펼쳐지고 있다고. 마천루도 예외는 아니었다. 회의용 테이블 상석에 앉은 채 총구를 물고 있던 사내, 알몸이 드러날 때까지 보란듯 옷을 벗어던지던 여자, 휠체어에서 벌떡 일어나 강화유리를 두드려대던 백발의 남자. 킴에게 그들은 인간이라는 종의 내밀한 본성을 환기하는 상징적 존재, 어둠으로 빛나는 신이었다. 그렇다. 최첨단 건축술이 까마득한 허공으로 띄운 희랍비극, 이것이야말로 킴이 첫 작품에 담아낸 야심의 고갱이였다.

유감스럽게도 결과는 기대에 미치지 못했다. 몇 안 되는 리뷰는 문장에만 초점을 맞췄고 그다지 긍정적이지도 않았다. 특히 지역 일간지에 실린 서평은 빌딩숲에서 내려온 지 얼마 안 되는 신인 작가의 무릎을 부들부들 떨게 하기에 부족함이 없었다. '자의식 과잉의 인물들' '통찰의 부재' '요령부득의 의사疑似 시적 표현' 등등. 다음 대목이 결정적이었다. "퀴즈 쇼 끝판왕으로나 등장할 법한 단어들이 편집증적으로 동원된 이 작품의 유일한 미덕은 해당 장르가 관 속에 눕혀져야 할 이유를 단적으로 보여준다는 점이다." 필자의 연락처를 캐내고 싶은 충동을 억누르기 위해 킴은 동네를 쏘다니며 문제의 신문이 보이는 족족 쓰레기통에 집어넣어야 했다.

잉크 냄새인지 휘발유 냄새인지를 손가락에 잔뜩 묻히고 집에 돌아온 킴이 전화를 건 곳은 인근 카운티 소재의 한 대학교 연구실이었다. 술만 들어가면 바이올린처럼 날카로워지는 목소리. 글쓰기 MFA 과정 시절의 지도교수는 대낮부터 한잔 걸친 모양이었다. 최적의 타이밍은 아니었지만 킴은 하소연을 늘어놓지 않을 수 없었다. 목까지 치민 불덩이를 토해내야 했다. 그런데 수화기 너머에서 들려온 것은 거친 숨소리뿐이었다. 예상치 못한 반응이었다. 다른 사람은 몰라도 지도교수는 무조건 역성을 들어줘야 했다. 가풀막지다(가파르다), 고샅(골목), 에멜무지로(시험삼아). 지도교수의 소설이야말로 "퀴즈 쇼 끝판왕으로나 등장할 법한 단어들"의 경연장이 아니던가.

문제는 자신의 취향을 학생들에게도 강요했다는 점이다. 유독 킴에게 더 심했다. 술기운이라도 빌려 불만을 내비치지 않을 수 없을 만큼 지도교수는 한참 눈을 질끈 감고 있더니 갑자기 왕년의 일화를 들려주었다. 첫 책이 세상에 나왔을 때, '살아 숨쉬는 전설'로 불리던 작가(지도교수는 은근슬쩍 실명까지 흘렸지만, 퓰리처상 수상자이며 예술원 회원인 당사자를 편의상 Q라 하자)에게 들은 악담을 '눈에 흙이 들어오기 전'에는 못 잊는다고 했다. '중학생이 끼적거린 듯한 문장'이라는 대목에서는 숨을 쉴 수 없었노라 회고하다 급기야 눈시울을 붉히고 말았다. 그러면서 특유의 새된 소리로 덧붙였다. "숨을 좀 쉴 수 있게 되자 사전을 씹어 삼키며 공부했지. 이민자 출신 얼뜨기 작가 소리 안 들으려고." 지도교수는 중국 출신이었다. 그날 이후 킴은 지도교수의 가르침을 감히 머릿속 저울에 올리지 않았다. 킴의 아버지는 남한 태생이었다.

"교수님?"

킴이 수화기에 대고 지도교수를 찾았다.

술에 취한 지도교수는 분에 겨운 목소리로 뭐라 뭐라 웅얼거렸다. 이민자 문학계에서 '거인'으로 통하는 사내가 억울한 일을 당한 애처럼 굴고 있었다. 위로의 말을 기대한 킴으로서는 당혹스러운 상황이었다. 한편으로는 대체 무슨 사연인가 싶기도 했다.

뉴요커. 단편. 그 인간. 심리학. 논문.

겨우 건진 몇 단어와 목소리에 실린 울분으로 미루어 짐작한 곡절은 이랬다. 뉴요커에 실린 내 단편소설을 두고 그 염병할 인간이 심리학 논문 같다고 씹었어. '그 인간'이 누구인지는 불을 보듯 뻔했다. 지도교수의 연구실 책장에는 Q의 책이 한 권도 빠짐없이 꽂혀 있었다. 모두 초판본이었고 책등이 안쪽을 향한 채였다.

"망할 유대인 새끼가 내 '논문'에서 '풋내'가 진동한다고 씨불였단 말일세."

말문이 트인 아이처럼, 지도교수가 버럭 소리쳤다.

킴은 황급히 수화기를 귀에서 떨어뜨렸다. 지도교수가 두 손으로 인용부호를 만드는 모습이 눈에 선했다. 서양인 특유의 제스처를 흉내낼 때 지도교수는 무엇 때문인지 양 손목을 붙이곤 해서 하트 모양처럼 보였다. 그래선지 이런 말을 덧붙이곤 했다.

"오직 심장만을 인용해야 하네. 표현 대상의 심장을 움켜쥐는 기분으로 문장을 써야 해."

지도교수의 가르침 중 가장 인상적인 말이었다. 그가 솥뚜껑만한 손으로 인용부호를 만들어 보일 때마다 킴은 갈빗대 밑에서 고동치는 심장을 떠올렸다. 그런데 지도교수는 지금 심장을 잡힌 사람처럼 비명을 지르고 있었다. 풋내라니. 실은 킴에게도 충격적이었다. 지도교수의 부친은 "불알 두 쪽만 챙긴 채 태평양을 건너, 두 손과 두 다리로 일어선" 청과상이었다. 그러니 Q가 움켜쥔 게 지도교수의 심장이 아닌 고환이라 해도 과언은 아니었다. 킴은 말없이 수화기를 내려놓았다. 불알을 잡힌 사내에게 최선의 배려는 홀로 내버려두는 것이었다.

지도교수가 킴에게 전화를 걸어온 것은 한 달쯤 뒤였다. 안부의 말을 신속하게 해치우더니, "아끼는 제자의 장도에 초를 친 염병할" 북 칼럼니스트를 비난하기 시작했다. 인신공격에 가까운 험구의 요지는 책 한 권 못 낸 자들이 쑥덕대는 얘기는 귀에 담아둘 가치가 없다는 것이었다. 서늘한 말투, 타오르는 복수심. 지도교수는 원기를 되찾은 듯했다. Q의 '비열한 일격'(자기 부친의 직업을 모를 수 없다고 지도교수는 확신했다)도 중국계 거인을 무너뜨리지 못했다. 지도교수는 보란듯 다시 일어섰다. 킴의 예상을 뛰어넘는 회복력이었다. 적어도 한 계절은 걸릴 줄 알았는데. 그나저나 Q의 책들은 어찌되었을까? 버리지는 않았으리라. 그럴 사람이었다면 중학생 소리를 들었을 때 그랬겠지.

정작 Q의 책을 불태운 쪽은 킴이었다. 지도교수와 통화한 뒤로 킴은 저조하고 무기력한 기분에서 헤어날 수 없었다. 심리학 논문. 책상 앞에 앉으면 Q가 했다는 말이 머릿속 가득 메아리쳤다. 한 줄, 아니 한 글자도 쓸 수 없었다. 책을 태운 것은 일종의 푸닥거리였다. 하지만 눈에 띄는 변화는 책꽂이에 생긴 얼마간의 여유 공간이 전부였다.

지도교수는 제자의 앞날을 위한 충고도 잊지 않았다.

"아버지 얘기를 쓰게. 한국전쟁도 곁들이면 좋고. 월 스트리트 상공에 매단 희랍비극은 잊어버리게. 전에 한 남미 작가가 그러더군. 에이전트 구할 때 가장 많이 들어야 했던 질문은 '마술적 리얼리즘 쪽?'이었다고. 남한 태생 이민자의 자식한테 저들이 어떤 얘기를 바라겠나? 중산층의 방종? 기독교 근본주의자들의 독선? 노동계급의 애환? 현대인의 고독? 네버, 에버. 말이 나왔으니 말인데, 한국전쟁 참전군인들 회고록에 가장 자주 언급되는 게 뭔지 아나? 똥냄새야. 머리통이 날아가지 않도록 땅바닥을 박박 길 때 머리통을 잠시 떼어놓고 싶게 만들던 지독한 똥냄새. 거름으로 뿌린 인분 냄새 말일세. 표백제를 아무리 뿌려도 똥통에서 똥냄새를 없앨 수는 없지. 저들이 원하는 것을 주게. 그래야 살아남을 수 있어."

이번에는 킴이 숨을 쉴 수 없었다. 킴의 부친은 세탁업자였다. 매일 브롱크스의 첫새벽을 깨우며 세탁소 문을 열었다. 독립기념일에도 쉬지 않아 한번은 노동착취 혐의로 조사를 받았다. 노동부 직원은 빈손으로 돌아가야 했지만. 아버지가 착취할 직원은 자신뿐이었다. 딱 하루 문을 닫은 적이 있다. 바지 주머니의 (깜박한) 돈이 사라졌다는 손님 때문에 한바탕 실랑이가 벌어졌다. 원래 비어 있었다, 십 달러가 있던 게 확실하다, 옥신각신하다 손님 입에서 도둑놈, 이라는 말이 튀어나오고 말았다. 킴이 사실을 털어놓기로 마음먹었을 때는 아버지가 손님을 들이받은 뒤였다. 어머니가 보석금을 마련하지 못했다면 세탁소는 한참 문을 닫아야 했으리라.

지도교수가 Q에게 불알을 잡혔을 때 어떤 기분이었을지 킴은 알 것 같았다. 킴의 얼굴이 창백해졌다. 가슴에 구멍이 뚫려 온몸의 피가 새어나가는 듯한 기분. 분노는 아니었다. 굳이 말하자면 수치심에 가까웠다. 자신과 관련된 모든 것이 부끄러웠다. 부끄러움이 다 빠져나간 자리에는 두려움이라는 얼룩이 남았다. 글에서 표백제 냄새가 난다는 소리를 들을까봐 두려웠다. 입에서 마늘 냄새가 난다는 것만큼이나 피하고 싶은 말이었다. 고등학교 졸업 파티에서 키스를 나눈 백인 여자애가 떠들고 다녔다는 얘기를 전해 들었을 때는 정말이지 혀를 깨물고 싶은 심정이었다. 킴이 작가로서 경력을 이어가지 못한 것은 Q가 아닌 지도교수 탓이었는지도 모른다. 어쩌면 표백제 냄새 탓이었는지도.

그때 손님이 맡긴 바지 주머니에는 육 달러뿐이었다.

4

킴은 '땜질'을 시작했다. 오류임이 분명한 문장부터 손봤다.

그날 이후 소냐는 기차만 바라보면 가슴이 무너졌다.

유사한 케이스가 많지는 않았다. 뭔가 더 해야 했다. 이력서 입력창에 있던 저서란은 구색 갖추기용이 아닐 터. 구체적 지침을 달라고 이메일을 보낼까(다른 연락처가 없었다) 하다 그만두었다. 아마추어처럼 보이고 싶지 않았다. 한 권뿐이긴 해도 킴은 책을 내본 사람이었다. 편집이라는 작업의 생리를 모르지 않았다. 그냥 둬도 될 것도 일단 건드리고 볼 일. 멋진 표현을 손에 넣을 때까지 문장을 깎고 다듬었다. 한마디로 밥값을 했다.

킴이 원고를 다시 받아본 것은 교정본을 전송한 바로 다음날이었다. '알렉세이 알렉산드로비치 카레닌의 귀'가 이메일을 열어본 시각과 답장을 보낸 시각을 체크하지 않을 수 없었다. 킴의 기억 한구석에는 지도교수가 건넨 깨알 같은 조언들이 옹기종기 웅크리고 있었는데, 눈이 튀어나올 정도로 신속한 답장을 발견한 순간 고개를 쳐든 것은 이 녀석이었다.

"저자 교정본은 너무 일찍 돌려주지 말게. 경솔하다는 인상을 줘서 작가의 코멘트에 힘이 실리지 않아. 너무 늦어도 곤란해. 게

을러 보여서 좋은 건 없을 테니."

　지도교수가 권장한 시간은 보름 안팎. 그런데 오 일도 아니고
고작 오 분이라니. 받은 이메일을 실수로 재전송하지 않고서야.
킴은 전송 시각을 재차 확인했다. 잘못 본 게 아니었다. 게다가 편
지에는 역시 한 글자도 적혀 있지 않았다. 킴은 첨부된 파일을 열
어보았다. 반송된 원고가 아니었다. 자신이 땜질한 것보다 더 많
은 부분이 바뀌어 있었다. 말도 안 되는 일이었다. 작업을 준비하
며 끓인 커피가 채 식기도 전에 변동 사항을 살펴보고 다시 대폭
수정해서 보낼 수는 없었다. 적어도 사람이라면. 역시 컴퓨터 프
로그램의 솜씨였다. 킴은 구인광고에 실린 문구를 그제야 이해할
수 있었다.

　수학은 걱정 마세요.
　우리에게 필요한 것은 수학에 온기를 불어넣을 장인적 훈김
입니다.
　당신의 불을 나눠주세요.

　직감이 맞아떨어져서 킴은 기뻤을까? 오히려 불쾌했다. 과학이
빚어낸 기적은 인상적이었으나 자신의 노고가 존중받지 못했다는
느낌에 비할 만큼은 아니었다. 진짜 불쾌한 점은 원고가 더 그럴
듯해졌다는 것이었다. 이를테면 이런 변화.

그날 이후 소냐는 기차만 봐도 가슴이 무너졌다.

　경이로운 습득 속도가 아닐 수 없었다. 덧셈을 쥐어주면 곱셈을 펼쳐 보였다. 킴의 공도 없지 않았으니 뿌듯할 수도 있는 일이었다. 지도교수의 조언대로 저들이 원하는 것을 주면 그만. '중학생'이라는 비아냥을 들으면 사전을 한 장 한 장 뜯어 삼켜가며 어휘를 늘리고, '풋내'라는 조롱을 받으면 과일의 '과' 자도 꺼내지 않으면 될 일. 하지만 킴은 그러지 못했다. 알량한 자존심 때문에? 또다른 이유는 인생을 스쳐간 숱한 일 가운데 두번째 직업만 목젖에 얹혀 있는 사정과 관련있었다. 뭔가를 제대로 하고 싶다는 열망으로 단단해져 새날의 빛을 맞은 적은 그때뿐이었다. 그 시절이 세월의 강물 밖으로 걸어나온 듯했다.
　킴은 자신에게 넘어온 문장을 그냥 둘 수 없었다.

　그날 이후 소냐는 기차만 봐도 억장이 무너졌다.

　비로소 완전해졌다. 킴이 장인적 훈김을 할애한 문장이 그뿐만이 아니었음은 두말할 필요가 없다. 원고 구석구석 온기를 불어넣었다. 특히 심리묘사에 공을 들였다. 노인고용안정센터 폐관 시간이 임박할 즈음 킴의 PC는 불덩이가 되어 있었다. 집에 PC가 없어서 안타깝기는 처음. 킴은 사흘 만에 답장을 보냈다. 밤새 매달릴 수 있었다면 하루 정도는 앞당겼으리라.

5

이번에도 곧바로 답장이 왔다. 원고에는 작은 변화가 있었다. 몇몇 단어의 교체가 변화의 핵심이었다.

그날 이후 소냐는 기차만 봐도 가슴이 무너졌다.

자신의 의견이 묵살됐다는 사실에 킴은 얼굴이 뜨거워졌다. 감히 컴퓨터 프로그램 나부랭이가. 자존심을 떠받치고 있던 기둥에 도끼날이 박힌 듯했다. 교체 이유는 원고 말미에 주석으로 밝혀져 있었다. "원작의 작가가 해당 단어를 사용한 예는 전작을 통틀어 전무하다." 말하자면, 톨스토이 스타일이 아니라는 얘기. 설마 한 번도 없을까? 원양어선 선실에서 포커를 칠 때, 상대의 패를 확인하기 위해서라면 판돈이 얼마든 개의치 않았던 킴이다. 거덜나는 것은 견딜 수 있어도 궁금한 것은 참기 힘들었다.

킴은 연방 도서관 데이터베이스에 접속했다. 유감스럽게도 톨스토이의 작품은 네 개뿐이었다. 예산 삭감의 여파인지 데이터베이스화되지 않은 작품이 더 많았다. 러시아와의 신냉전 때문일 수도 있었다. 어쨌든 전집을 검토하려면 일일이 책을 훑어보아야 된다는 소리. 알아보니, 러시아 문호의 전집은 문명사 박물관(정확히는 19세기 문명실)에 비치되어 있었다.

결과는? 블러핑이 아니었다. 주석에 이의를 제기할 수 없음을 눈으로 확인하기 위해 킴이 치른 대가는 나흘 치의 안구 혹사와 (먼지 때문에 얻은) 감기와 씁쓸한 자괴감(대체 뭐하는 짓이지?)이었다. 문명사 박물관을 나서며 킴은 맥박이 거세지는 것을, 심장이 펌프질한 피가 동맥을 가득 채우며 솟구치는 것을 느꼈다. 흠집 난 자존심의 비명? 사소한 패배가 부추긴 승부욕? 그 무엇이든, 머리를 떠받치고 있는 혈관을 곤두세운 열기는 실로 간만이었다. 어쩌면 수학을 녹이는 불.

그렇다고 무작정 불꽃을 키울 수만은 없었다. '억장'의 교훈을 무겁게 받아들여야 했다. 불로 수학의 억장을 무너뜨릴 공산은 크지 않았다. 수학에는 수학. 약점은 오히려 장점 속에 있을 터, 호랑이를 잡으려면 호랑이 굴도 마다해서는 안 된다. 땜장이가 아니라 대장장이, 킴이 아니라 '알렉세이 알렉산드로비치 카레닌의 귀'가 되어야 했다. 이번 경우에는 '알렉세이 알렉산드로비치 카레닌의 귀'가 아니라 톨스토이…… 순간 킴의 전두엽에서 작은 불꽃이 일었다. 숲을 태우는 불도 마른 가지 두 개의 스킨십에서 비롯된다. '알렉세이 알렉산드로비치 카레닌의 귀'라는 가지와 톨스토이라는 가지.

맹점은 문장이 아니라 스토리에 있었다. 톨스토이라면 이야기를 그런 식으로 끝맺지 않았으리라. 기억이 돌아왔는데도 커피 농장 주인의 청혼을 받아들이다니, 안나다운 행동과 거리가 멀었다. 기차에 몸을 던지게 만든 불행한 과거를 소매의 먼지처럼 털어낼 수 있을까? 더구나 안나는 주어진 삶을 순순히 받아들이는 캐릭터가 아니다. 운명의 경첩이 돌아가기 시작할 때 문 앞에 가만히 서 있을 여인이 아니다. 문을 박차거나 문고리를 틀어쥐는 쪽이 어울리는 사람. 커피 농장 주인을 사랑했다면 애당초 청혼 앞에서 망설이지 않았을 테고.

킴은 소설의 결말을 고쳐썼다. "당신의 사랑을 받을 자격이 없다"는 쪽지를 남기고 안나가 떠나는 것으로.

어디로 가는 기차인지 안나는 알지 못했다. 카이로? 어쩌면 탕헤르? 페테르부르크도, 모스크바도 아님은 확실했다. 방금 떠나온 역과 두 도시 사이에는 지중해가 버티고 있었다.

(상대처럼) 파일만 보내려다 킴은 텅 빈 화면을 마주하던 순간의 (비인간적) 적막감이 떠올라 몇 자 적었다.

"알렉세이 알렉산드로비치 카레닌의 귀에게, 원작자의 스타일에 비춰본다면 귀하의 결말은 적절치 않음. 킴."

확언과 어울리지 않게 킴은 전송을 망설였다. 어색함 탓이었다. 결국 편지의 서두를 '알렉세이의 귀에게'로 고쳤다. 이메일을 보내고 킴은 마침표를 찍듯 늘어지게 기지개를 켰다. 이번 임무는 이쯤에서 일단락이라며.

6

컴퓨터 프로그램이 고민에 빠지기라도 한 걸까? 뜻밖의 역습에 당황했나? 오 분이 지나도록 수신함은 잠잠했다. 킴은 느긋하게 커피를 마시며 집중 뒤의 이완을 만끽했다. 실로 오랜만에 일다운 일을 한 기분이었다. 감기기운도 물러간 듯했다. 하지만 충만감은 오래가지 못했다. 고작 구 분. '알렉세이 알렉산드로비치 카레닌의 귀'가 보낸 새 이메일이 도착한 것이다.

킴은 의자를 당겨 앉았다. 이번에는 백지가 아니었다.

"킴, 보태어진 주문장 참고 바람. 알렉스."

갑자기 재채기가 터져나왔다. 콧물을 닦으면서도 킴은 컴퓨터 화면에서 눈을 떼지 못했다. 메시지를 남겼다는 사실도 놀라웠지만 마지막 단어 때문이었다. '알렉세이'도 아니고 '알렉스'라니. 이 친구가 갑자기 친근감이라도 느끼게 됐단 말인가. 가벼운 농담처럼, 허물없는 사이에 무심히 던진 한마디처럼, 알렉스라니. 하지만 편지를 다시 읽어보는 킴의 눈길을 붙든 대목은 따로 있었다. '보태어진'. 어색하기 짝이 없는 표현이었다. '덧붙인'이나 '첨부한' 정도가 보통일 텐데.

기이한 일이었다. 편지글 한 줄 얻기 위해 컴퓨터 프로그램을 돌리는 사람이 있을까? 설마 하면서도 킴은 불쑥 떠오른 생각에 섣불리 등을 돌릴 수 없었다. 생각이 황당해서가 아니라 그 황당한 생각이 틀림없는 듯해서였다. 이메일을 보낸 존재와 원고를 작성한 존재가 다르지 않다는 것. 소설을 컴퓨터 프로그램이 썼다면 '알렉세이 알렉산드로비치 카레닌의 귀'는 인간이 아니라는 것. 그러니까 이제껏 소설 쓰는 프로그램을 상대했다는 얘기.

킴은 목덜미에 한기를 느꼈다. 인적 없는 곳에서 낯선 사람이 불쑥 말을 걸어오면 이런 기분일까? "저기요" 하는 말을 듣고, 다른 사람이 없다는 사실을 알면서도 괜히 주위를 두리번거릴 때처럼? 나에게 건네는 말이 아니기를 바라면서? 그렇다 해도 AI 기술의 거짓말 같은 도약에 넋 놓고 있을 수만은 없었다. 최종본이라고, 더이상의 퇴고는 필요 없다고 자신한 원고가 돌아온 내막을 알아봐야 했다.

킴은 마른침을 삼키며 주문장을 열었다. 주문장은 문자 그대로 주문장이었다. 수제 구두나 맞춤 양복처럼 장르, 분량, 문체, 캐릭터, 스토리, 플롯을 입맛에 맞게 지정할 수 있었다. 맨 밑에는 특이 사항란도 있었는데, 이런 내용이 적혀 있었다.

"안나 카레니나가 행복해지는 결말이어야 함."

맞춤형 한정판 소설이라니. 점입가경이었다. 킴은 원고를 서둘러 화면에 띄웠다. 파일명이 '소녀의 선택_4고'인 걸 보니 그새 또 고친 모양이었다. 킴은 쓴웃음을 짓지 않을 수 없었다. 하지만 결말을 몽땅 뜯어고쳤을 거라는 예상과 달리 직전 버전에 몇 줄 추가한 정도였다.

안나는 자동차 경적에 차창 밖으로 머리를 내밀었다. 맹렬히 달려오는 흙먼지 속에서 자신의 이름을 애타게 부르는 사람은 윌리엄이었다. 선로가 완만한 곡선을 그리자 자동차 경적이 안나의 객차를 기어이 따라잡았다. 그때 안나는 구혼자의 목소리를 똑똑히 들었다. 쇠바퀴와 강철 레일이 서로 부대끼며 내지르는 굉음도 그녀의 귀를 막지는 못했다. "당신이 어떤 쪽지를 남기든, 당신을 따라갈 거요. 세상 끝까지라도." 안나의 눈에서 한 줄기 눈물이 흘러내렸다. 회한의 눈물이었을까. 어쩌면 기쁨의 눈물이었는지도. 구혼자가 일으킨 흙먼지 때문이 아님은 분명했다. 이제 그 무엇도 안나와 구혼자 사이에 버티고 있을 수는 없었다. 설령 죄의식의 그림자일지라도.

굳었던 킴의 얼굴이 어느새 풀어졌다. 용납 못할 정도의 개고는 아니었다. 말하기 뭣하지만, 배려받은 느낌이랄까. 의뢰인의 요구라는 칼을 무자비하게 휘두를 수도 있었을 텐데 절제의 미덕을 잊지 않았다. 캐릭터 해석에 수긍했음은 물론 (섬세한 심리묘사를 위해) 가필한 문장에는 손도 안 댔다. 심지어 끝의 몇 줄은 킴의 문장에 대한 오마주가 아닌가.

상대가 무엇이든 맡은 원고만 제대로 손보면 될 일. 킴은 뜨거워진 마음으로 원고를 매만졌다. 손볼 구석은 많지 않았다. 표현은 우아하고 연결은 매끄러워서 고유의 리듬마저 만들어내고 있었다. 쿵짝짝, 쿵짝짝. 첫 원고에 비하면 장족의 발전이 아닐 수 없었다. 다만 마지막 두 문장은 없는 편이 나을 듯. 삭제. 그쯤으로 족했지만 모양새와 이음새를 더 다듬었다. 불을 좀 나눠줬다. 땜질 자국조차 보이지 않게. 하나의 주형에서 통째 찍어낸 것처럼 보이도록.

안나는 자동차 경적에 차창 밖으로 머리를 내밀었다. 맹렬히 달려오는 흙먼지 속에서 자신의 이름을 애타게 부르는 사람은 윌리엄이었다. 선로가 완만한 곡선을 그리자 자동차 경적이 안나의 객차를 기어이 따라잡았다. 그때 → 마침내 안나는 구혼자의 목소리를 똑똑히 들었다. 쇠바퀴와 강철 레일이 서로 부대끼며 내지르는 굉음도 그녀의 귀를 막지는 못했다. "당신이 어떤 쪽지를 남기든, 당신을 따라갈 거요. 세상 끝까지라도." 안나의 눈에서 한줄기 눈물이 흘러내렸다. 회한의 눈물이었을까. 어쩌

면 기쁨의 눈물이었는지도. 구혼자가 일으킨 흙먼지 때문이 아
님은 분명했다. 이제 그 무엇도 안나와 구혼자 사이에 버티고
있을 수는 없었다. 설령 죄의식의 그림자일지라도.

킴은 마지막 문장의 첫 단어를 '자동차'로 바꿨다. 주인공의 심
리에 밀착된 앞 문장과 대조가 두드러져 시치미떼는 효과가 극대
화되도록. 사실, 차이는 미묘했다. 킴은 설명을 덧붙이려다 말았
다. 지금의 '알렉세이 알렉산드로비치 카레닌의 귀'라면 불필요하
다는 판단이었다. 지금의 알렉세이 알렉산드로비치 카레닌? 당황
스러운 생각이었다. 하지만 소설을 써내는 프로그램이 진화하고
있다는 복선은 킴의 머릿속에 이미 실체로 자리잡고 있었다. 원고
를 동봉한 편지의 서두를 '알렉스에게'라고 쓴 게 증거였다.

　정작 킴이 궁금한 점은 따로 있었다. 주문장이 불러일으킨 의
문. 원고를 처음 받았을 때 품었어야 할 질문이기도 했다. 이런 소
설을 누가 주문하는 것일까? 대체 누가 읽을까? 『안나 카레니나』
의 해피 엔딩 버전이라니. 자신이라면 어떤 소설을 주문할지도 자
문해보았다. 레이먼드 카버의 장편소설? 피츠제럴드풍 탐정소설?

　어느새 킴은 '수학과 불' 홈페이지를 기웃거리고 있었다. 뒤늦
은 궁금증을 풀려면 고객 리스트를 보여달라고 요청하거나 데이
터를 해킹해야 했다. 하나는 기대 난망, 다른 하나는 능력 밖. 당
장 할 수 있는 일은 '주문하기' 메뉴를 누르는 게 고작이었다. 어

떤 식으로 주문하는지나 알아보자는 심산이었다. 주문장 양식이 나타나기 무섭게 킴은 빈칸을 채워나갔다. 좀비물, 삼백 페이지 내외, 헤밍웨이 스타일, 필립 말로형 인물……

시험삼아 하는 짓이었지만 '다음' 버튼을 누르는 순간에는 어떤 글이 나올지 궁금해지고 말았다. 그런데 주문자 정보 입력창 대신 알림 메시지가 떴다. 이전 화면으로 물러났다 시도해보아도 마찬가지. 홈페이지 메인화면까지 물러나도 결과는 다르지 않았다. 킴은 자리를 옮겨보았다. 이번에도 킴의 수고는 보상받지 못했다. 컴퓨터가 관건은 아니었다. 문제는 서버에 있을 가능성이 높았다. 주문이 폭주해서일 리는 없고. 기술적인 문제라면 기다리는 수밖에.

7

다음날 킴이 개관 시간에 맞춰 노인고용안정센터에 달려간 것은 전날 해소하지 못한 호기심 때문이었다. 컴퓨터 앞에 앉자마자 문제의 홈페이지를 찾아가 문을 두드렸다. 대꾸는 없었다. 킴은 한숨을 내쉬며 메일함을 열어보았다. 새 일거리가 기다리고 있었다.

"킴, 주문장 첨부해. 시행착오를 완전 감소시켜줄 거야. 그럼 수고. 알."

어색한 표현('감소시켜줄')은 여전했지만 말투가 달라졌다. 기계 특유의 딱딱함은 옛말이었다. 게다가 '알'이라니. 벌어진 입을 다물 새도 없이 킴은 뭔가에 홀린 듯 첨부된 원고를 클릭했다.

파일명은 '내가 식탁에 엎드려 있을 때_1고'였다. 이번에는 포크너의 『내가 죽어 누워 있을 때』인가? 짐작이 옳았음을 확인하기 위해 두번째 단락까지 읽을 필요는 없었다. 첫 단락만으로도 주문 사항이 훤히 그려졌다.

우리가 살아 있는 것은 섹스를 위해서라고 아버지는 말하곤 했다. 그 말의 뜻을 마침내 나는 알게 되었다. 정작 아버지는 알지 못했다는 것도 깨달았다. 남자란 일을 치른 자리의 수습에 대해 아무것도 모르기 때문이다. 뒷정리는 여자의 몫이라 여기는 것이다. 그래서 내가 했다. 아버지가 처음 나를 범했을 때 나는 식탁에 엎드려 있었다. 아버지가 병든 짐승처럼 헐떡이는 내내 나는 그의 얼굴을 볼 수 없었다. 내 엉덩이 사이의 피는 펄펄 끓었다. 피 끓는 소리가 멈추자 허벅지를 타고 흘러내린 체액이 조용히 식어갔다. 끔찍한 침묵 속에서 나는 밥상을 치우기 시작했다.

대체 어떤 인간일까 싶었다. 소설 쓰는 프로그램과 교감하는 세상에 이런…… 헤이, 알. 네가 고생이 많다. 컴퓨터 화면에 대고 중얼거리던 킴은 무언가를 확인하려는 듯 '수학과 불'에 서둘러 접속했다. 주문을 시도했지만 역시 실패. 기술적 오류가, 일시적 문제가 아닐 수도 있었다.

설마…… 킴은 반전을 예감하며 눈이 점점 가늘어졌지만 화면 속 메시지는 눈도 깜짝하지 않았다.

존재가 없는 페이지입니다.

(수학과 불_1고 Ⓐ)

밤낚시

서비스 안 됨.

휴대폰 좌측 상단에 다섯 글자가 뜨는 순간, 온종일 입질만 하던 불안감이 마침내 수면 위로 실체를 드러낸다. 발목을 잡아챌 듯 혀를 날름대는 바다, 해무에 젖어 미끌거리는 갯바위, 죽기 살기로 달려드는 날벌레떼. 야광찌의 초록빛이 은은한 자태를 드러내면서 시작되던 밤낚시의 정취마저 검은 바다 속으로 사그라진다.

전원을 껐다 켜봐도 달라지는 건 없다. 익숙한 통신사 이름이 있어야 할 자리에 여전히 버티고 있는 낯선 문구. 불길한 신호라도 받아든 사람처럼 눈을 떼지 못한다. 그리고 보니 전조가 없지 않았다. 서해안고속도로는 9중 추돌사고 여파로 가다 서다를 반복했고 섬으로 들어오는 뱃길은 예보와 달리 파도가 높았다.

"염려 마. 일 년에 한 번 물이 빠져 모세의 기적이 일어나는 날이 있으니까. 그때까지만 살아 있으면 돼."

조가 능청스레 말한다.

"그게 언젠데?"

반사적으로 튀어나온 질문.

"오늘이 아닌 건 확실해."

조가 발작적으로 웃음을 터뜨린다.

나는 따라 웃지 못한다. 어리석은 질문이었음을 뒤미처 깨달아서만은 아니다. 발밑 중심축이 기우뚱하는 느낌. 처음에는 감지하기 어려울 만큼 미세한 동요였지만 종국에는 너울이라도 올라탄 듯 요동치는 마음에 빨간불이 명멸한다. 무서운 일이 벌어질지 모른다고, 이 울렁거리는 예감의 끝에 피하고만 싶은 무언가가 기다리고 있을 것 같다고.

여름휴가 비행기 좌석을 최소 두 계절 전에는 확보해둬야 직성이 풀리는 내가 예정에 없던 일정을 받아들인 것은 '무인도'라는 단어에 혹해서였다. 뜻밖의 단어를 듣는 순간 심장박동이 빨라졌다. 정작 입에서는 너무 갑작스럽다, 강아지 맡길 데가 없다는 핑계가 습관처럼 튀어나왔지만.

조는 예상했다는 듯 덤덤하게 응수했다. 준비는 다 해놨으니 몸만 오면 된다, 바람 쏘일 겸 강아지도 데려가자며. 대수롭지 않게 툭툭 던지는 조의 말에는 언제나처럼 뿌리치기 힘든 구석이 있었다. 한낮까지 늘어지게 자고 일어나 맥주를 홀짝이며 지그소 퍼즐이나 즐기려 했다는 나름의 계획은 입 밖에 꺼내지도 못할 만큼. 직접 픽업하러 오겠다며 쐐기를 박으니 더는 밀어낼 수 없었다.

"우리만?"

그때 이미 뭔가를 감지했던 걸까. 맥주와 지그소 퍼즐은 저만치 밀려난 상태였지만 나는 중요한 내용을 최종 확인하듯 물었다.

"그럼 안 돼?"

별안간 정색하고 나오니 말문이 막혔다.

"둘이서 무슨 『로빈슨 크루소』 찍을 일 있냐? 당연 김변도 함께지."

조가 낄낄대며 말했다.

"난 또……"

어느새 나는 남해안 지도를 노트북 화면에 불러내고 있었다. 추억의 앨범이라도 펼치는 심정으로.

제목이 '푸른 산호초'였으리라. 난파 사고로 무인도에 표류한 소년 소녀가 생존을 위해 고투하며 차츰 성에 눈떠간다는 스토리. 오로지 두 연인만이 존재하는 파라다이스에 대한 야릇한 동경을 여드름쟁이 가슴 깊은 곳에 심어놓은 영화. 미성년자관람불가였던 그 비디오를 우리집 안방에서 어깨 맞댄 채 숨죽여 지켜본 동지가 바로 조였다.

그런데 왜 『로빈슨 크루소』였을까?

아홉 시간 전이었다. 집 앞이라는 문자를 받고 나가보니 조는 못 보던 독일산 SUV에 비스듬히 등허리를 기대고 있었다.

"일이 좀 풀리나봐?"

나는 손차양을 만들며 말했다.

"아, 이거? 아는 동생이 빌려줬어."

조가 선글라스를 벗으며 대꾸했다.

"걱정 마. 이번에 준비중인 히토리 야키니쿠만 성공하면 빌린 돈은 이자까지 얹어 갚을 테니까. 그렇지, 그레이?"

조가 내 손에 들린 도그 케이지를 툭툭 치며 덧붙였다.

'브라우니'가 뒤척이며 낑낑댔다. 조가 떠넘기듯 맡긴 요크셔테리어. 갈색 털 강아지에게 '그레이'라 이름 붙인 이유를 물어봐야지 마음먹어온 게 벌써 반년째다. 이상하게도 조와 말을 섞다보면 가만히 귀만 기울이고 있는 자신을 발견하곤 했다. 왠지 끌려다니는 기분이다가도 막상 도움을 청하는 조의 손 앞에서는 알 수 없는 기쁨으로 가슴 한구석이 희부윰해지는 것처럼.

"히토리 야키니쿠?"

"혼밥족을 위한 고깃집. 독서실 책상에 불판이 달렸다고 보면 돼. 혼자서도 눈치 안 보고 고기를 맘껏 구워먹을 수 있는, 고독한 육식주의자들의 해방구!"

화색 도는 얼굴, 호기로운 말투. 조에게서 달뜬 기운이 느껴졌다. 한 방으로 판세를 뒤집을 수 있다고 믿어 의심치 않는 사람들이 뿜어내는 비릿한 열기. 나로서는 흉내내기 힘든.

"김변은?"

나는 조수석에 오르기 무섭게 안전벨트부터 매며 물었다.

"급히 법원에 들어가게 됐대. 늦게라도 오겠다고는 했는데……"

"많이 바쁜가보네. 일전에 전화했을 때도 법정에 들어가는 길이던데."

"지옥에는 있지만 천국에는 없는 게 뭔지 알아?"

"뱀?"

"이혼 전문 변호사."

조가 내비게이션에 남해안의 한 마을명을 입력하며 대꾸했다.

"지옥 부부들은 금슬이 별로라서?"

"천국에는 부부가 없어서야."

"그럼, 우린 천국 가겠구나."

"너처럼 멍멍이만 끼고 살 생각은 없다."

"다시 합칠 마음이 있는 거야?"

조는 삼 년째 별거중이었다.

"이참에 친구 매상이나 올려줄까봐. 제대로 밀어주려면 새장가 두어 번은 더 가야겠지?"

"김변이 들으면 퍽이나 감동하겠다."

"장례지도사가 아닌 게 고마울 따름이지."

조가 이를 드러내며 흐흐 웃었다. 눈가 주름이 부챗살처럼 펼쳐진 얼굴에는 '뽈따구'라 불리던 시절의 장난기가 여전했다.

일 분 일 초도 가만있지 못하는 혈기가 서로 난반사하며 빚어내는 긴장감과, 격렬한 운동으로도 누그러뜨릴 수 없는 절망적인 공격성이 한데 엉긴, 수컷들만의 고등학교 교실에는 영문 모를 손찌검을 멈추지 않는 선생이 있었다. 정확히는 영문 모를 손찌검을 멈추지 못하는 선생. 수틀리는 일이 있으면 날짜와 동일한 출석번호를 불러내거나 아무나 잡고 따귀를 때리는 식이었다. 한 명이든 열 명이든 성에 찰 때까지. 손은 얼마나 크고 두껍던지. 새끼손가락 뿌리 근처에 자리잡은 그루터기 모양의 검붉은 흉터는 또 어떻고. 육손이의 흔적이라고 우리끼리 수군거리던 그 불가해한 광기의 근원을 떠올리면 절로 이를 악물게 된다. 여섯 가닥 채찍이 피할 길 없는 공포의 높이에서 귀싸대기를 겨누고 있는 것처럼.

하루는 선생의 뒷모습이 복도로 사라지기 무섭게 여기저기서 안도의 한숨이 터져나왔다. 수업 내내 먹잇감을 노리는 눈초리로 교단을 왔다갔다하더니 의외였다.

"오늘은 무사히!"

누군가의 절절한 외침. 일순 교실이 웃음바다가 됐다. 얌전히 물러난 줄 알았던 눈앞의 재앙이 뒷문으로 돌아오리라고는 상상도 못한 채.

선득한 기운이 목덜미로 끼쳐오는가 싶더니 부풀어오른 무언가를 터뜨리는 소리가 고막을 때렸다. 무시무시한 파열음의 진원지는 바로 옆에 있던 조였다. 열이면 열, 선생의 손이 재차 올라가기도 전에 납작 엎드려 빌기 마련이었지만 어쩐 일인지 조는 고개를 똑바로 하고 버텼다. 혼자서 모든 매를 다 감당하겠다는 듯.

한 번, 두 번, 세 번…… 뺨에 손자국이 새겨지도록 조의 입술은 달싹이는 기미조차 없었다. 선생도 조만큼이나 얼굴이 벌게졌다. 누가 때리는 쪽이고 누가 맞는 쪽인지 분간하기 힘들 지경이었다. 급기야 선생이 양복을 벗어던졌다. 나도 모르게 자꾸만 눈이 질끈 감겼다. 뺨을 무방비로 내주고 있는 당사자처럼. 하지만 그 모든 과정을 똑바로 지켜보기 위해 이를 악물었다. 적어도 나만큼은 그래야 했다.

"여덟 대까지 버틴 선배가 있다던데…… 신기록이다."

다음 과목 담당이 선생을 껴안다시피 끌고 나가자마자 조에게 다가온 사람은 김이었다. 책상 앞에 꼿꼿이 앉아 책만 파던 평소와 달리 흥분한 기색이 역력했다. 호기심 가득한 눈빛, 선택하는 자의 오만한 표정. 승부차기까지 간 체육대회 축구 결승전, 마지막 킥을 막아내 우승에 일조한 내게 엄지를 세워 보이던 때와 판박이였다.

"왜 그랬어?"

김이 단도직입적으로 물었다. 우승을 결정지은 다섯번째 키커

에게 몰려가던 무리에서 홀로 떨어져나와서는 마지막 킥이 정면
으로 날아올 줄 어떻게 알았느냐고 질문했을 때처럼.

"오늘이 며칠인지 몰라?"

조가 피범벅이 된 입술을 혀로 쓱 핥으며 되물었다.

이튿날부터 김은 점심시간마다 조, 아니 우리 자리를 찾아왔다.
한 손에는 의자, 다른 손에는 도시락을 들고서. 아무렇게나 그어
진 직선처럼 덩그렇던 내 인생에 의미 있는 교차점이 생기는 순간
이었다. 브라우니를 떠맡았을 때처럼.

나는 화들짝 상체를 숙여 의자 밑을 확인한다. 브라우니가 눈에
들어오자 안심한다. 목줄을 풀어주고 싶지만 내 집인 양 까불다
바다에 빠질 수 있으니 어쩔 수 없다. 호기심 많고 겁 없는 녀석이
라 더더욱.

끝없이 울리는 진동음에 눈뜨자마자 도그 케이지부터 일별한
것도 몸에 밴 습관 때문이었다. 브라우니는 고속도로 휴게소에서
잠을 청하던 모습 그대로였다.

"안 받아?"

내가 조의 휴대폰을 흘깃 보며 물었다.

"깼어?"

조는 황급히 손을 뻗어 거절 버튼을 눌렀다.

"깨우려던 참이었는데. 다 왔어. 바다 좀 봐라. 쨍한 햇볕에 파

도도 죽이지 않냐? 낚시가 아니라 서핑이라도 해야 할 것 같다."

조는 뭔가에 쫓기는 사람처럼 엉뚱한 말을 빠르게 늘어놓았다.

진동음이 다시 울리기 시작하자 나는 고개를 외로 틀며 차창을 내렸다. 점점이 흩뿌려진 파란 슬레이트 지붕 사이사이로 물비늘이 하얗게 빛났다.

진동음은 독촉하듯 집요하게 이어지다 어느 순간 뚝 끊겼다.

"선장님!"

조가 어딘가로 전화를 걸더니 목소리를 한껏 높였다.

조는 몇 번 더 소리를 지르고서 전화를 끊었다.

"섬에 데려다줄 사람. 귀가 어둡더니 저번보다 심해졌네."

"전에 온 적 있어?"

"재작년."

"혼자?"

"김변이랑. 한잔하다 뭐 홀 이동으로. 여기 김변 외가 동네잖아."

"아, 그랬나."

내 목소리에 그늘이 드리웠으리라. 나만 빼고 둘이 왔다는 사실도 걸렸지만, 그걸 아무렇지 않게 말하는 태도가 더 서운했다. 지금은 몰라도 한때는 셋을 위한 하나, 하나를 위한 셋. 당시 보험설계사였던 조의 농반진반 제안이긴 했지만, 다달이 생사 확인 차원에서 서로를 수혜자로 지정한 생명보험을 십 년간 붓기까지 한 사이가 아닌가.

차는 생선이 가득 널린 낮은 지붕들을 천천히 지나쳐 선착장 언저리에 멈춰 섰다. 땅에 발을 내딛자 물비린내가 파도보다 먼저 바다의 존재를 알려왔다. 눈에 꾹꾹 담아둔 지도 속 해안선까지 달려왔음을 실감하는 찰나, 방파제 쪽에서 멜빵바지 차림의 민머리 사내가 성큼성큼 걸어왔다.

"선장님!"

조가 사내에게 다가가며 외쳤다.

"짐은?"

사내가 곧장 차 꽁무니로 향하자 조는 부리나케 달려가 트렁크 문을 들어올렸다.

"이게 다여?"

사내의 반응대로 기본적인 낚시 도구 말고는 이렇다 할 짐이 보이지 않았다. 코펠이며 버너며 몇 가지 물품이 더 있기는 했지만 몸만 오면 된다고 큰소리칠 정도는 아니었다.

"텐트는?"

내가 물었다.

"자러 온 거야?"

조의 반문에 나는 할말이 없었다.

"저건 뭐여?"

도그 케이지를 발견한 사내의 얼굴이 눈에 띄게 굳어졌다.

"반려견입니다."

내가 대꾸했다.

"파도도 험한데 개새끼까지?"

사내가 낚싯대를 팽개치듯 바닥에 내려놓더니 선착장 끝까지 걸어가 담배를 꺼내들고 쭈그려앉았다. 부랴부랴 사내를 쫓아간 조.

내 시선은 담배 연기를 사이에 두고 옥신각신하는 두 사람 너머 바다로 향했다. 가두리 양식장 부표가 감쪽같이 사라졌다 불쑥 나타나기를 반복하고 있었다.

"그레이, 두고 가면 안 될까? 부정 탄다며 질색팔색이네."

조가 어느새 곁으로 다가와 말했다.

"이십일 세기 맞아?"

"배를 못 띄우겠다는데 어쩌냐."

"데려오잘 때는 언제고? 낚시고 뭐고 혼자 두고는 한 발짝도 못 움직여."

"혹시 현금 좀 있어?"

조는 맡긴 돈이라도 찾는 사람처럼 굴었다.

"그런데 왜 그레이야?"

나는 지갑에서 만원권 지폐를 손에 잡히는 대로 꺼냈다.

"뭐?"

"갈색 털인데 왜 그레이라고 부르냐고."

"너는 저게 갈색으로 보여?"

조가 이해할 수 없다는 표정으로 물었다.

생각지 못한 의문 하나가 뒤늦게 떠오른다.

낚시야 바닷가에서도 가능한데 굳이 높은 파도를 무릅쓰고 여기까지 들어와야 했을까?

김이 늦게라도 오기로 했다는 소리는 진짜일까?

여태 전화 거는 시늉조차 없었다는 게 석연치 않다. 군대 후임 경조사까지 챙길 만큼 오지랖 넓고 술기운이 오를라치면 전화통에 불이 나도록 여기저기 안부전화를 돌리는 조였다. 김변은 못 오는 모양이라고, 연락이나 한번 해보자는 말에 떠밀려서야 휴대폰을 꺼낼 사람이 아니라는 얘기.

김에게 오자고는 한 걸까?

뭐하러 그런 거짓말을?

다음 퍼즐을 신중하게 물색하지만 딱 맞아떨어지는 조각이 얼른 눈에 띄지 않는다.

몇 번의 헛손질 끝에 첫 모서리 조각이 시야의 가장자리에 들어온다. 생뚱맞게 튀어나온 십구 세기 모험소설.

"전화도 안 터지고 진짜 무인도에 온 기분이네. 노인네가 깜박하는 날에는 꼼짝없이 로빈슨 크루소 신세야. 혹시 나뭇가지로 불 피울 줄 알아?"

조 특유의 능청스러운 말투를 흉내내며 내가 묻는다.

"싱싱하니까 칼질만 해도 돼. 수조에서 생선을 낚아 직접 회 떠 먹는 일식당을 열 계획이야. DIY. 앞으로는 뭐든 손수 해봐야 재미를 느끼는 세상이 될 거야."

조는 섣불리 미끼를 물지 않는다. 사업 얘기라면 신물나지만 인내심을 가져야 한다.

"대박 나겠네."

새로운 미끼를 던진다. 칭찬받을 때 취약해지는 사람들이 있다. 교만은 실수라는 하인을 결코 멀리하지 못한다. 하인의 존재 자체가 자존감의 근거여서다.

"아이디어야 노벨, 아니 노벨 할아비상 감이지."

조는 소주를 입에 털어넣은 뒤 종이컵을 구겨 바다 쪽으로 던진다.

"방생하는 거야. 다시는 낚시꾼과 입맞춤하지 마라."

과장스러운 농담도 씁쓸한 뒷맛을 지우지는 못한다.

돈 때문이리라. 빚쟁이들 피해 다니기 바쁜 형편에 고깃집 간판이나 내걸 수 있을지 의문이다.

"저번에도 먹통이었어?"

나는 짐짓 말머리를 돌린다. 조에 관한 한 금전 문제만 떠올리면 공연히 불편해지고 만다. 받아야 할 돈이 아닌 갚아야 할 돈이 있는 사이처럼.

"뭐가?"

시치미떼는 걸까. 속내를 전혀 알 수 없다. 우연히 낚시 이웃이 된 사람처럼.

"김변이랑 왔다며, 작년에."

재작년이라고 정정하려다 입을 다문다. 단순 말실수가 의도치 않게 교묘한 함정이 된다.

"작년에는 전화 걸 일이 없었거든."

작년? 김과 왔었다는 말도 왠지 믿기 힘들어진다.

눈앞의 안개는 엷어지는 듯하지만 마음의 안개는 갈수록 짙어진다.

"왔다."

조가 벌떡 일어서며 소리친다.

야광찌의 초록빛이 펄쩍 뛰어오르더니 전신을 꺾어가며 춤춘다. 미지의 생명체 같다. 밤바다가 감추고 있던, 사냥이라는 낚시의 본질이 비현실적으로 드러난다. 조가 낚싯대를 두 손으로 틀어쥔다. 덩달아 내 손에도 힘이 들어간다. 왠지 모를 불안과 두려움이 똬리를 틀고 있던 자리는 이제 퇴화를 거듭하면서도 암암리에 이어져온 원초적 흥분이 꿰찬다. 절로 주먹을 꽉 쥐게 된다. 낚싯줄을 풀고 감는 단순한 장치에서 나는 비명이 엄청난 기계음처럼 들린다. 바다를 통째로 집어올리는 기계.

"불!"

조가 다급하게 외친다.

"불?"

"어신을 확인해야지!"

"어신?"

"플래시로 찌를 비추라고!"

허둥지둥 손전등을 켜고 낚싯줄 끄트머리께를 겨눈다. 암흑 속으로 한줄기 빛이 날아간다. 대치의 최전선을 와락 움켜쥔다. 집어등처럼 어둠을 버틴다.

"아!"

조의 입에서 탄식이 새어나오는가 싶더니 낚싯줄이 흐물거린다. 허공으로 끌어올려진 낚싯바늘은 빈손이다.

"손맛으로는 헤비급이었는데……"

조가 입맛을 다시며 낚싯바늘을 수습한다.

어쩐지 내 탓이라는 소리로 들린다.

초록빛 움직임이 빚어내던 짜릿함이 여전히 몸 어딘가에 남아 있는 기분이다. 아니, 이리저리 몸을 비트는 듯하다. 묵직한 무언가를 바늘에 매단 채. 그럴수록 아쉬운 마음은 커진다.

조는 그새 아쉬움을 내려놓고 미끼통을 집어든다.

"한번 해볼래?"

동작을 멈추더니 나를 돌아본다.

"내가?"

성화에 못 이겨 서너 번 동행은 했지만 말동무, 술 동무였을 뿐
손에 비린내 묻힌 적은 없다.

"지렁이도 꿰어야 미끼다, 몰라?"

조는 아예 미끼통을 가슴팍에 떠안긴다. 나도 모르게 움찔한다.
미끈거리는 놈이라면, 심지어 꿈틀거리는 놈이라면 몸과 마음이
절로 오그라들지만 티내지 않으려 안간힘을 쓴다. 두려움을 내비
쳐서는 안 된다. 드러난 두려움은 더 큰 두려움을 불러들인다. 허
파를 부풀리고 척추를 곧추세워라.

나는 아랫입술을 물며 미끼통으로 손을 가져간다. 아직 숨이 붙
어 있어서일까. 의외로 비린내는 나지 않는다. 손끝으로 꿈틀대는
느낌이 전해지는 찰나 외마디 비명을 지를 뻔하지만 눈 딱 감고
견딘다.

"목을 쥐어, 주둥이가 벌어지게."

조의 음성이 물속처럼 아득하게 들린다. 물컹하고 미끈한 촉감
에 눈물이 날 것 같다. 엄지와 검지 끝에 힘을 준다. 희끗희끗한
것이 얼핏 눈에 들어온다. 끔찍하고 무시무시하고 징그럽다. 잠시
나마 가슴 뛰게 했던 초록빛 희열은 흔적도 없이 스러진다.

"지렁이도 이빨이 있어. 조심해. 물리면 119 부르러 헤엄쳐 가
야 하니까. 주둥이에 밀어넣고 머리를 꿰. 몸부림칠수록 물고기가
꼬이거든."

두 손이 파르르 떤다. 핏기가 가시며 차가워진다. 눈에 힘을 주

지만 번번이 과녁을 놓친다. 뭔가를 본능적으로 감지했는지 꿈틀거림이 격렬해진다. 내 심장도 방망이질한다. 다시 한번 눈 딱 감고 바늘을 주둥이에…… 정말로 눈을 질끈 감고 만다.

내 안의 무언가가 죽어간다.

어떤 기억 하나가 깨어난다.

야외 온천탕을 독차지하고 있던 북해도의 어느 아침. 뼛속까지 노곤해지는 유황 물에 몸을 내맡긴 채 밤새 더 붉어진 단풍 숲을 바라보고 있었다.

잠자리에서 언제 빠져나왔는지 조가 인기척을 내며 뒤에서 다가왔다. 이내 조의 몸뚱이가 물에 잠겨드는 게 느껴졌다. 우리는 한동안 말이 없었다. 머리에 수건 하나만 얹은 채. 이국의 정취에 빠져 있어서는 아니었다. 적어도 내 경우엔 그랬다.

실은 간밤의 일이 마음에 밟혀서였다. 셋이 호텔방에서 가볍게 한잔하다 발동 걸린 조가 삿포로의 맥주를 싹쓸이해 오겠다며 자리를 비운 게 발단이라면 발단이었다. 김과의 대화는 자연스레 조의 근황에 대한 염려로 흘렀고 사업 실패와 별거를 거쳐 채무관계에 이르렀다.

"한밤에 불쑥 연락해서는 콩팥을 팔아서라도 빚은 갚겠대. 혀가 완전히 풀렸더라고. 개소리 집어치우라고, 안 갚아도 된다니까 오히려 노발대발하는 거야. 자기 콩팥을 못 믿느냐고, 아직도 오줌발이 나이아가라폭포라고 염병을 떨더라. 미친 새끼. 뽈따구가 너덜너덜해지도록 개길 때 알아봤다. 보나마나 밤새도록 같은 전화를 돌렸겠지. 뽈따구 새끼. 너한테도 그랬지?"

"어, 어."

나는 마음 깊고 어두운 곳에서 치밀어오르는 뜨거운 무언가를 억누르며 대꾸했다.

연락을 못 받아서만은 아니었다. 김의 목소리에서 묻어나던 형제애, 어떤 손해를 입혀도 곁을 내줄 듯한 다정함이 문제였다. 욕설에마저 듬뿍 배어 있던 온기가 왠지 견디기 힘들었다. 무엇보다 참을 수 없는 것은 전화를 받은 이들 모두 김과 다르지 않았으리라는 점이었다.

"근데 뽈따구가 맞던 날, 실은 내 출석 번호였어."

연이어 내가 말했다. 뭔가를 만회하려는 사람처럼.

"그랬어? 그럼 짝을 대신해서?"

김의 얼굴에 경탄의 빛이 떠올랐다. 눈을 반짝이며 다가와 조에게 왜 그랬느냐고, 나에게 마지막 킥이 정면으로 날아올 줄 어떻게 알았느냐고 물었을 때처럼.

나는 입꼬리를 끌어올리며 고개를 끄덕였다.

"내 흉 다 봤냐?"

조가 돌아왔다. 황금 별 문양의 맥주 캔이 가득 든 비닐봉지를 양손에 들고서.

"육손이에게 개기던 날이 원래는 애 제삿날이었다며?"

김이 턱짓으로 나를 가리켰다.

"제삿날?"

조가 비닐봉지를 탁자에 내려놓으며 반문했다.

"그날 애 출석 번호였다며?"

"30번이었어?"

조가 다다미에 털썩 주저앉고서 나를 돌아봤다.

"30번?"

이번에는 내가 되물었다.

"그날 생일이었거든. 9월 30일. 귀빠진 날 귀싸대기 맞는 것도 분한데 잘못도 없이 잘못했다고 빌려니까 빡치더라고. 씨발, 태어나서 죄송하다고 비는 꼴이잖아. 하마터면 평생 생일 미역국이 목구멍으로 넘어갈 때마다 죄송한 기분을 느껴야 할 뻔했다."

"기억난다. 그래서 오늘이 무슨 날인지 아느냐고 했구나."

김이 감회 어린 얼굴로 말했다.

"그랬어?"

조가 맥주 캔을 따며 대꾸했다.

둘의 대화가 학창시절의 다른 무용담으로 넘어가도록 나는 입을 떼지 못했다. 내 출석 번호는 31이었다. 31일까지 있는 달이 시작되면 첫날부터 신경이 곤두서곤 했으니 확실하다. 그런데 9월은 30일이 마지막날. 왜 출석 번호와 동일한 날로 알고 있었을까. 무엇 때문에 조가 대신 희생을 치렀다고 믿었을까. 오늘이 무슨 날인지 아느냐 대신 오늘이 며칠인지 모르느냐로 기억하는 이유가 뭘까. 기억에 장난질을 한 것은 대체 무엇일까. 자신 있게 고정한 핵심 조각이 엉뚱한 자리에 놓여 있음을 뒤늦게 발견한 기분이었다. 공들여 맞물려놓은 나머지 조각들 모두 혼돈에 빠져들지 않을 수 없었다.

밤새 뒤척이게 만든 존재를 실오라기 한 점 걸치지 않은 몸으로 느끼고 있노라니 마음이 복잡했다. 매번 기꺼이 돈을 빌려주고, 떠맡은 강아지를 자식처럼 아껴주고, 차를 얻어 탄 값으로 기름을 넘치게 채워줘도 상습적으로 돈을 떼고, 강아지를 막무가내 떠안기고, 함부로 차를 빌리는 누군가의 온기는 한순간도 나를 향한 적이 없었다. 정체 모를 어두운 감정은 급기야 그 어둠을 불러일으킨 장본인에 대한 원망으로 치달았다. 나에게도 전화를 걸어줬다면, 술자리에 둘만 남겨놓지 않았다면, 아메마스인지 곤들매기인지를 낚겠다고 북해도에 오자고만 안 했어도……

"와, 단풍 죽인다."

조가 술냄새를 풍기며 말했다.

격의 없는 인사말임을 모르지 않았지만 "속은 괜찮냐?" 하고 간밤 술자리의 여운을 이어가거나, "김변은 아직인가?" 하고 우정 어린 대꾸로 화답하지 않았다. 아니, 그럴 수 없었다. 등뼈를 훑고 올라오는 날카로운 한기에 부르르 떨고 있어서였다.

몸만 오면 된다며 꼬드기던 오랜만의 기별, 김에게 갑작스레 중요한 볼일이 생겼다는 전언, 단둘이 남은 곳에서의 통신 두절……어떤 계획의 일부로 받아들이면 거듭된 돌발상황은 더이상 우연이 아니다. 말이 된다. 되고말고. 언제든, 무엇이든 흔적도 없이 집어삼킬 준비가 돼 있는 저 검은 바다에는 입이 없다. 취중 실족이든, 어떤 외부 힘에 떠밀리든 제3의 목격자는 존재 자체가 불가능. 누군가를 쥐도 새도 모르게 치워야 한다면 더 나은 장소는 없으리라.

방아쇠처럼 뇌리를 때리는 무서운 생각에 다시 한번 휴대폰을 껐다 켜본다. 기지국과의 연결을 알리는 표시만 나타나준다면 모두 제자리로 돌아갈 텐데, 바람은 끝내 이루어지지 않는다.

"긴급상황. 긴급상황. 통신 두절로 인한 폐소공포증 환자 발생. 헬기 구조 요망. 현 위치는 로빈슨 크루소 제도, 프라이데이 섬 남단. 반복한다……"

일거수일투족을 은밀히 지켜보고 있었을까. 조가 기다렸다는 듯 어둠에 대고 소리친다. 두 손으로 확성기 모양까지 만든 채. 별것 아니어서 더욱더 치명적인 어떤 죄악을 온 세상에 까발리듯. 도가 지나친 짓궂음에는 어떤 악의마저 어른거린다.

그제야 어금니를 으스러져라 꽉 물고 있는 자신을 발견한다. 무시무시한 광기에 의연하게 맞서는 짝의 모습을 죄책감 속에서 지켜보아야 했던 기나긴 몇 초처럼.

내 안의 여린 무언가가 찢겨나간다.

때린 쪽이 아닌, 맞은 쪽에 의해.

누군가 잘난 척만 안 했어도, 다른 애들처럼 한 대 처맞자마자 잘못했다며 무조건 빌었다면.

병신처럼.

이 사람, 저 사람에게 폐나 끼치고.

매를 번 게 무슨 훈장 받을 짓이라고.

"헬기 타면 나가는 뱃삯은 돌려받을 수 있겠네. '개새끼' 때문에 얹어준 돈도."

허리는 한껏 펴고 고개는 빳빳하게 든다. 잘못했다는 말을 끝내 입 밖에 내지 않던 조처럼.

"만원 받아내서 뭐하게?"

"만오천원."

"이만원 아니었어?"

"세 장이었거든."

"알겠습니다, 주인님."

익살스러운 말투로도 모자라 거수경례까지 붙이는 조. 로빈슨 크루소 놀이는 끝나지 않는다. 게임이든 실제상황이든 조에게는 그만둘 생각이 없는 게 분명하다.

"빚도 속히 갚게, 프라이데이. 여기서 무사히 나간다면."

죽었다 깨어나도 입에 올릴 수 없던 말이 게임이라는 가면을 쓰고 튀어나온다. 더는 등을 보일 수 없다. 용기를 낸다, 몸을 백팔십도 돌려 두려움의 근원을 정면으로 마주하는 사냥감처럼.

사냥꾼이 멈칫한다.

공기가 팽팽해진다.

마음속 찌가 고요히 널뛴다. 암흑 한복판에 골똘히 떠 있던 초록빛이 진저리친다.

어둠은 더 어두워진다. 검은 수면 아래 물고기에게나, 검은 수면 위의 낚시꾼에게나 똑같이.

조가 남은 소주를 들이켜더니 종이컵을 우그러뜨려 바다 쪽으로 던진다. 방생이니 입맞춤이니 하는 흰소리는 없다.

발치의 파도로부터 달아나려는 사람처럼 의자를 반걸음 뒤로 물리는 순간 어떤 섬뜩한 영감이 정수리를 파고든다.

"그 책, 결말이 어떻게 되더라?"

나는 순수한 공포가 부산물처럼 발산하는 기이한 열기에 휩싸여 묻는다.

"무슨 책?"

조가 딴청을 부린다.

"『로빈슨 크루소』."

"워낙 오래전이라……"

어투가 왠지 방어적으로 들린다. 내가 할 법한 말이 조의 입에서 나오다니. 조와 나 사이에 불던 바람의 방향이 바뀌는 느낌이다. 이쪽의 기척을 실어가는 바람에서 저쪽의 기척을 실어오는 바람으로. 사냥꾼의 바람에서 사냥감의 바람으로.

"프라이데이가 혼자 육지로 건너가 로빈슨 크루소의 모든 것을 차지하고 새 인생을 시작하지 않아?"

어둠 속으로 내 목소리가 음산하게 울려퍼진다.

돌이킬 수 없는 전율이 메아리로 돌아온다. 넘치기 직전의 수면에 최후의 한 방울을 떨어뜨리는 찰나의 전율.

"알고 보니 로빈슨 크루소가 가진 거라고는 전세 아파트와 요크셔테리어 한 마리가 전부였지."

무엇 때문인지 조의 목소리는 아연 생기를 되찾는다.

나는 다시 쫓기는 기분에 사로잡힌다.

이제껏 숱한 장난의 막바지에 그랬듯 조가 갑자기 입꼬리 근육을 풀고 "제법인데" 하며 어깨를 쳐올까봐 가슴 졸인다.

"보험금이 있었잖아. 생명보험금."

나는 무언가를 놓지 않으려는 사람처럼 안간힘을 쓴다.

"이를 어째. 보험금이라야 전체 빚의 이자도 안 되는데. 그나마 로빈슨 크루소의 죽마고우와 나눠 가져야 하고."

조의 목소리에서 배어나오던 생기가 비릿한 열기로 바뀐다.

일이 이상하게 돌아가고 있다. 양복을 단번에 벗지 못하고 씩씩대던 선생의 모습이 새삼 눈에 밟힌다. 지금 나는 때리는 쪽인가 맞는 쪽인가. 로빈슨 크루소인가 프라이데이인가. 애당초 둘이 달랐는지, 구분이 가능한지조차 헷갈린다. 그럴수록 물러설 수 없다는 사실 하나는 의심의 여지 없이 또렷해진다. 날아오는 탄환이든, 날아가는 탄환이든 결정적 격발의 화약내에 대한 끌림은 더 강렬해진다.

"프라이데이는 그 돈으로 사업을 시작하지. 잘만 풀리면 빚을 한 방에 갚고도 남을."

조에게 소주를 따르며 내가 말한다.

"미안한 얘기지만 로빈슨 크루소가 몰랐던 사실이 있네. 십 년 동안 이체된 돈은 생명보험이 아닌 연금보험이었어. 로빈슨 크루소의 정년퇴직 기념 알래스카 연어 낚시 여행을 위한."

조가 내 종이컵에 소주를 붓는다.

예기치 못한 반전에 나는 마땅한 응수를 찾지 못한다. 애먼 종이컵만 단숨에 비워 바다 쪽으로 내던진다. 뭔가에 홀린 듯 종이컵의 궤적을 좇다 불현듯 의자 밑을 들여다본다. 브라우니가 보이지 않는다. 목줄도 온데간데없다. 저절로 풀렸을까? 의자를 물릴 때 빠진 건가?

"브라우니! 브라우니!"

벌떡 일어나 걸음을 옮기려던 나는 몸을 가누지 못하고 비틀거린다. 허공을 내디디며 바위 아래로 구른다. 손으로 바위를 짚고 일어서려다 오른쪽 무릎에 찌릿한 통증을 느끼며 쓰러진다. 파도가 등을 덮쳤다 물러간다. 내 마음의 푸른 산호초를 뿌리째 거머

권 채.

조가 한 발 한 발 다가오는 게 느껴진다. 윤곽조차 어렴풋하지만 사선의 맞은편에 우뚝 선 존재의 긴장이 어둠을 가르며 전해져온다. 마른침이 아프게 목을 넘어간다. 조와 가까워지는 방향으로 움직여야 할지 멀어지는 방향으로 움직여야 할지 선뜻 마음을 정하지 못한다. 골대 어느 구석으로 몸을 날려야 승부를 그르치지 않을까 끝까지 저울질하다 그 자리에 붙박여버린 어떤 아이처럼.

마침내 나는 천천히 몸을 일으켜 조를 등지고 바다 쪽을 향해선다. 살갗이 익어가는 북해도 유황 온천에서 몸을 떨게 만든 한기의 정체가 형언할 수 없는 슬픔이었음을 비로소 깨닫는다.

필경사 조풍년

1972년 10월 17일 별안간 계엄령이 내려지자 세상은 벌집을 쑤신 듯했다. 국회는 문이 닫혔고 모든 정치활동이 금지되었다. 정부 비판에 앞장서온 인사들은 줄줄이 연행되었다. 침을 쏘며 저항할 만한 벌은 순식간에 씨가 마르고 말았다. 벌소리가 사라진 자리는 탱크들 차지였다. 그날 기습적으로 발표된 것은 계엄령만이 아니었다. 헌법개정안도 공표되었다. 일본의 메이지유신을 본떠 '유신헌법'이라 불린 새 헌법은 국민의 기본권을 현저히 제한한 반면 행정부 수반에게는 절대적 권한을 부여했다. 선거와 중임 제한에서 자유로워진 대통령은 국회의원 3분의 1을 지명할 수 있게 되었다. 가장 충격적인 대목은 국회를 해산할 수 있다는 조항이었다. 이 땅에 민주주의는 죽었다며 속으로 피 울음을 토하는 이도 있었고 김일성을 이기려면 어쩔 수 없지 않냐고 입에 거품을 무는 이도 있었지만 문제의 조항에서 문자적 오류를 발견한 사람은 거의 없었다.

*

조풍년이라 불린 사내의 진짜 이름은 조풍연이었다. 바람 풍風에 멀리 흐를 연演, 바람처럼 멀리멀리 흘러가라며 부친이 손수 지어준 이름이었다. 실제로 불란서 조계지에 한 조선인을 내려주고 궐련을 피우다 전봇대에서 파닥이는 전단을 발견한 순간 조의 부친은 일찍이 산타마리아호의 삼각돛을 부풀렸던 무역풍이 가슴 가득 차오르는 것을 느꼈다.

"기회의 땅, 아메리카! 황금 골짜기 샌프란시스코!"

미국 서부에 정착할 이주노동자를 구하는 광고였다. 조의 부친은 곧장 와이탄으로 내달렸다. 구미 열강의 금융·상업 관련 건물이 즐비한 거리 한편에는 '스탠더드&리치스'라는 미국 상사 상해 연락사무소가 자리하고 있었다.

열흘 뒤 조의 부친은 샌프란시스코행 기선에 몸을 실었다. 부산까지의 여정은 비교적 순조로웠다. 사우스퍼시픽호는 '조선의 상해'라 불리는 곳에서 하룻밤 묵고 중간 기착지인 호놀룰루로 떠날 예정이었다. 삼등칸에 짐짝처럼 널브러져 있던 사람들은 갈매기

소리가 들리기 무섭게 짐꾸러미를 챙겨 갑판으로 올라갔다. 조의 부친도 예외는 아니었다. 전 재산인 인력거를 끌고서였다. 앞으로 석 달 동안 땅을 밟지 못하는데다 선상에서의 지난 사흘이 조선이라는 미지의 나라에 대한 호기심을 잠재울 정도로 쾌적했다고 말할 수는 없었다.

조선의 상해는 실망스러웠다. 부둣가는 대리석 빌딩 대신 판잣집 일색이더니 거리는 자동차가 아닌 우마차만 가득했다. 곳곳에서 지린내 비슷한 냄새도 풍겨왔다. 가솔린 내와 우롱차 향이 오묘하게 섞인 상해의 공기가 그리울 지경이었다.

찌푸린 인상으로 코를 실룩이던 조의 부친에게 중절모를 눌러 쓴 코쟁이가 말을 걸어왔다. '인inn'이라는 단어로 짐작건대 어느 객잔에 가려는 모양. 조의 부친은 상해의 조계지 구석구석을 누비며 주워들은 영어로 영업 불가의 뜻을 전했다. "노 코레아, 본 차이나!" 코쟁이는 목젖이 훤히 보이도록 웃더니 소리쳤다. "노 프라블럼!" 손가락 사이에 미국 지폐를 끼워 흔들며.

코쟁이의 손가락이 가리키는 대로 달리다보니 역시 어느 객잔 앞이었다. 후한 품삯에 서양 담배를 팁으로 챙기고 악수까지 나눈 인력거꾼의 발걸음을 붙든 것은 객잔 문틈으로 흘러나오는 야릇한 방향芳香이었다. 꽃이 벌을 부르는 냄새. 조의 부친은 객잔 문을 열지 않을 수 없었다. 과연 눈앞에 꽃밭이 펼쳐졌다. 앳된 여자 여럿이 탁자에 둘러앉은 채 코쟁이의 말에 귀기울이고 있는 게 아닌

가. 정확히 말하자면 코쟁이 곁에 선 여인의 통역에. 김이 오르는 음식으로 젓가락을 가져가는 사람은 없었다. 젊은 미망인들의 모임 같달까. 서글픔을 애써 감추려는 눈빛에는 앞날에 대한 불안과 각오가 교차했다.

혼자 저녁을 먹던 조의 부친을 부른 사람은 이번에도 중절모의 코쟁이였다. 손짓을 보아하니 합석을 권하는 듯. 미국 땅을 밟기도 전에 노다지를 발견한 기분이었다. 하지만 사양 한 번 안 하는 것은 오랑캐나 할 짓. "노 코레아, 본 차이나!" 조의 부친은 웃는 얼굴로 손을 내저었다. 이내 코쟁이가 "노 프라블럼!" 하는 외침으로 기대에 부응했음은 두말할 필요 없고.

이튿날 머리에 쐐기가 박히는 듯한 통증으로 눈을 뜬 조의 부친은 벌떡 일어나지 않을 수 없었다. 웬 처자가 나란히 누워 있는 게 아닌가. 저간의 사정을 일깨워준 것은 처자의 머리맡에 접혀 있던 화선지였다. 거기 자신의 이름과 함께 이런 문구가 적혀 있었다.

天下英雄 曹操 大將軍 後孫.

간밤의 일이 그제야 떠올랐다. 사진 한 장 보고 생면부지의 남자와 결혼하러 하와이로 떠나는 처자들이라는 소리에 개들도 그런 식으로 짝을 짓지 않는다고 흥분한 것, 두 오라버니가 목구멍에 풀칠하기 위해 만주로 떠났다는 처자에게 오라버니라 부르라며 수작 건 대목, 지필묵을 내오게 해 필담을 나누다 통성명한 장면까지 빠짐없이.

조선의 맑디맑은 하늘을 올려다보는 조조 후손의 얼굴은 썩 밝지 못했다. 해는 이미 중천에 떠 있었다. 사우스퍼시픽호의 닻이 바닷물에 잠겨 있지 않을 거라는 얘기. 샌프란시스코는 물건너갔다는 말씀. 몸을 버렸으니 이젠 죽은 목숨이라며 울고불고하는 처자. 간밤 처자의 배에 들어선 애의 이름은 조풍연. 바람 풍에 멀리 흐를 연, 바람처럼 멀리멀리 흘러가라는 염원이 담긴 이름. 하지만 뭣도 모르는 사람들이 자꾸만 '풍년'이라 부르는 이름.

마음의 귀를 열면 꽃망울 터지는 소리도 들릴직하던 1972년의 어느 봄밤, 다짜고짜 조의 오른팔을 틀어쥔 정체불명의 사내도 "조풍년씨?" 하고 물었다.

"나는 조풍연인데, 당신들은 누구요?"

조는 '연' 자에 잔뜩 힘을 줬다.

"조풍년씨, 고마 조용히 가입시다."

이번에는 왼팔을 낚아챈 쪽이 낮게 깔리는 목소리로 속삭였다. 위압적인 말투에 팔을 제압한 서슬도 예사롭지 않았다. 그래서였는지 골목 어귀에 대기중이던 지프로 끌려가기까지 조가 내비친 저항의 표시는 "저기 신발이……" 하고 중얼거린 게 고작. 조는 슬리퍼 바람이었다. 하지만 지프가 움직이기 시작하자 두려움에 떨면서도 한마디하지 않을 수 없었다.

"사람 잘못 골랐습니다. 나는 조풍연입니다."

"법원 앞에서 대서소 하는 조풍년씨 아인교?"

왼쪽 사내가 물었다.

'법원 앞'이라는 말에 조는 하늘이 무너지는 듯했다. 뭔가 착오가 있을 거라는 유일한 희망마저 꺾이고 말았다. 다 알고 찾아왔겠거니 싶어서였을까. 굳이 그럴 필요 없는데도 선선히 고개를 끄덕이고 말았다. 대체 어디까지 알고 있나 궁금해하며.

지프는 어느새 큰길로 접어들었다. 기다렸다는 듯 왼쪽 사내가 부스럭거리며 조의 머리에 뭔가를 씌웠다.

"쪼매만 참읍시다."

앞이 보이지 않자 조의 심장은 미친듯이 뛰기 시작했다. 교수대 밧줄이 목에 걸리면 이런 기분일까. 펄쩍 뛰어오른 심장이 목젖에 걸린 듯 숨을 쉴 수 없었다. 봉지에 밴 냄새가 아니었다면 기절했을지도 모른다. 호떡을 떠올리게 하는 고소한 기름냄새. 호떡이라면 자다가도 벌떡 일어나는 조였다. 새삼 생에 대한 갈망이 간절해졌다.

조는 침착하려 애썼다. 대체 어디로 가는 걸까? 첩보영화 주인공처럼 속으로 하나, 둘…… 숫자를 세며 좌회전과 우회전의 타이밍과 횟수를 머릿속에 새겨 어디쯤인지 가늠할 수 있었다면 좋았겠지만 조의 신경은 온통 봉지 주둥이 아래로 쏠렸다. 왼쪽 사내는 등산화를 신고 있었다. 가슴이 철렁했다. 양복바지에 등산화라니, 야산에 묻어버리려고?

두려운 상상을 떨쳐내듯 조는 고개를 외로 틀었다. 다행히 오른쪽 사내는 구두였다. 반질반질 광을 낸 옥스퍼드화. 지프 짐칸에 야전삽을 실으며 고집할 만한 신발은 아니었다. 하지만 절대 들켜서는 안 되는 편지가 주머니에 들어 있다는 데 생각이 미치자 이미 캄캄한 눈앞이 더 캄캄해졌다. 아내가 서재 문을 벌컥 열어젖히는 바람에 편지를 파자마 주머니에 황급히 쑤셔넣은 조. 순대가 당긴다는 말에 그 차림 그대로 집을 나선 조. 문제의 편지가 있는 한 조는 산송장이나 다름없었다. 한국말과 일본말을 반씩 섞어 말하던 한 사내가 대서소로 찾아와 건넨 편지. 지난 오 년 내내 육친의 정이 사무칠 때마다 몰래 꺼내 보던 편지. 북에서 온 편지였다.

평안북도 영변. 조의 부친이 만삭의 처자를 인력거에 태우고 찾아간 곳이었다. 다 쓰러져가는 초가에 구물구물 엉겨 서로 벼룩을 잡아주고 있던 처자의 여동생들이 눈에 들어온 순간 조는 바람이 되어 멀리 달아나고 싶었다. 어디 그때뿐이랴. 물 한 그릇 떠놓은 혼례장에 등 떠밀릴 때도, 몸 푼 아내에게 닭곰탕을 먹이기 위해 인력거를 처분할 때도, 장모가 청요리 장사나 해보라고 부추길 때도 나 몰라라 줄행랑치고 싶었다. 번번이 발목을 붙든 것은 조상의 이름에 먹칠하면 안 된다는 일념이었다. 그래도 견딜 수 없을 때는 개울 건너 아랫마을에 새로 생긴 교회를 찾아갔다. 미국인 선교사의 설교를 듣고 있노라면 태평양을 건너온 기분이 들었다.

귀한 인연도 만났다. 선교사에 따르면 '조선의 휘트먼'이었다. 휘트먼이라는 코쟁이가 누군지 알 바 아니었지만 조용하고 우울한 분위기 속에서도 배운 티가 역력했다. 성은 김이요 이름은 정식. 왠지 호감이 갔다. '상하이에서 온 베스트 오브 더 베스트 셰프'라는 선교사의 소개에 "명성은 익히 들었습니다. 난세의 호걸 조승상의 후손이시라던데" 하며 장단을 맞춰서였다고 꼭 집어 말할 수는 없지만.

명성 운운은 결코 겉치레가 아니었다. 영변에 사는 한 화교의 청요리 솜씨가 빼어나다는 소문이 청천강 이북에 자자했다. 더구나 김이 머물던 구성은 영변에서 도보로도 이틀이면 족한 곳이었다.

1950년 10월 21일 서쪽 하늘에 잔별이 아직 남아 있던 새벽, 어깨에서 붉은 별이 번쩍이는 웬 군인이 조의 부친을 찾아온 것도 그 명성 때문이었다. 군인은 신원을 확인하더니 같이 어딜 좀 가자며 팔을 잡아챘다. 무슨 일이냐고 물어도 가보면 안다고만 했다. 조의 부친도 호락호락하지 않았다. "대를 이을, 하나뿐인 아들을 전쟁터에 내보냈는데 이젠 아비까지 잡아가려는 거요? 모르나 본데, 나는 중국 사람이오. 조조의 후손이란 말이오." 군인은 표정이 누그러지나 싶더니 "이거이 목을 걸고 지켜야 하는 일급 기밀인데……" 하며 목소리를 낮췄다. 그런데 이어진 얘기가 좀 아리송했다. "동무의 조국에서 귀한 손님이 왔음둥."

바로 앞에 앉은 운전병의 귀도 안 보이는 어두운 산길을 달려

도착한 곳은 어느 첩첩산중의 폐쇄된 탄광이었다. 버려진 화차에서 두 사내가 호롱불과 지도를 사이에 두고 뭔가를 심각한 어조로 의논중이었는데 가까이 갈 수 없어 얼굴은 자세히 볼 수 없었다. 다만 이런 말들이 어렴풋이 들려왔다. 수령 동지, 평 사령관, 백척간두, 반격. 일급 기밀을 귀띔해준 군인은 조의 부친에게 닭 한 마리를 안기며 최고의 요리를 만들어달라고 했다. 미 해병대가 인천 앞바다에 모습을 드러낸 지 36일, 중국인민지원군 선발대가 비밀리에 압록강을 건넌 지 이틀 만이었다.

지프가 이십 분 넘게 달리지는 않았다. 출발과 동시에 등산화가 무전기로 보고하는 소리를 조는 똑똑히 들었다. "화물 적재 완료. 이십 분 내 배송 예정." 차에서 내려서도 조는 앞을 볼 수 없었다. 몇 걸음 떼자 철문 열리는 소리가 둔중하게 들려왔다. 산으로 가는 길은 아닌 듯했다. 하지만 발밑이 푹신해졌다. 풀을 밟는 느낌에 조는 머리털이 쭈뼛했다. 역시 산으로?

아버지의 이십이 년 전 당부가 새삼 귓전을 때렸다. "어떻게든 살아남아라. 대가 끊기면 죽어서 조상님들을 무슨 낯으로 뵙겠냐? 온몸에 피칠갑하고 시신 더미에 숨어서라도 살아남아야 한다." 아버지가 일러준 묘안은 포탄 파편에 온몸을 두들겨맞고 쓰러진 조가 유엔군 야전병원에서 눈을 뜨는 데 일조했다. "카멜레온이라는 짐승을 항상 염두에 둬라. 상황에 맞춰 변신하라는 얘기다. 일단 군복을 벗어 어느 군대인지 헷갈리게 해놓고 조선말, 중국말, 일본말 중 그때그때 유리한 놈을 써먹어라. 혹시 미군을 맞닥뜨리거든……"

부친이 어느 폐광 한구석에서 닭곰탕을 끓이고 있을 즈음 조는 주린 배를 움켜쥔 채 개마고원의 험준한 능선을 헤매고 있었다. 낙동강만 건너면 전쟁은 끝이라는 소리를 들은 게 엊그제 같은데…… 얼굴은 누렇게 뜨고 전투복은 누더기나 다름없었다. 칡뿌리를 캐는 것조차 점점 힘에 부쳤다.

그렇게 며칠이나 버텼을까. 뱃가죽이 등에 달라붙은 낙오병에게 죽음은 졸음으로 다가왔다. 자꾸만 눈이 감겼다. 한숨 자고 일어날 수만 있다면 더 바랄 게 없었다. 딱 한숨만.

의식이 가물가물해지는 조의 얼굴 위로 주먹만한 눈송이들이 떨어졌다. 꽃빵 같았다. 아버지의 닭곰탕 생각이 간절했다. "빠바. 빠바." 조선인민군 낙오병의 입에서 신음처럼 새어나온 말에, 눈밭 속에서 들려오는 수상쩍은 소리에 걸음을 멈춘 이는 중국인민지원군 제20군 58사단 정찰병이었다. 보름 뒤 인근 하갈우리에서 미 해병대와 처절한 교전을 치르게 될 바로 그 부대였다.

1950년 11월 28일 함박눈이 무섭게 퍼붓던 밤, 백병전까지 치달은 끔찍한 혼전의 현장에 조가 내던져진 데는 그럴 만한 곡절이 있었던 것이다. 포탄이 귓속에서 터지는 듯하더니 조는 하늘로 붕 떠올랐다 대여섯 걸음 앞으로 고꾸라졌다. 입안에서 피가 울컥 울컥 흘러나왔다. 그 와중에도 중국산 뿔피리 소리는 놓치지 않았다. 퇴각 신호가 멎자 조는 젖 먹던 힘까지 쥐어짜 소리쳤다. "노 프라블럼! 노오오오 프라블럼!" 아버지가 유사시 써먹으라며 일러준 영어. 미 해병대 진지 한복판이었으니 유사시가 분명했다. 숨넘어가는 목소리에 썩 어울린다고 할 수 없는 말을 내뱉는 동양인에게 다가간 사람은 제1대대 브라보 중대 소속 위생병이었다. 통구이처럼 온몸에서 김이 피어오르는데도 문제없다고, 괜찮다고 외치는 병사가 혹시 미군을 지원하기 위해 조직된 한국군('카투사'라 불렸다)인가 싶어서였다.

그로부터 이십이 년이 흘러 또 한번 생사의 기로에 선 조에게는 중국인민지원군 정찰병도 미 해병대 위생병도 없었다. 이번에는 완전히 혼자였다. 스스로의 힘으로 사선을 넘어야 했지만 뾰족한 수가 떠오르지 않았다. 한 걸음, 한 걸음 발을 뗄 때마다 생은 그만큼 멀어지는 듯했다.

딸깍, 하고 문 여는 소리가 났다. 슬리퍼를 벗으라는 말에 발밑을 내려다보니 마룻바닥이었다. 제법 긴 게 복도 같았다. 끝에 무엇이 기다리고 있을지 두려웠다. 사형수가 간수들에게 이끌려 복도를 지나갈 때면 오늘이 그날인가 싶어 오금이 저린다더니, 딱 그런 기분이었다. 그러니까 복도 끝에서 왼쪽으로 돌면 운동장, 오른쪽으로 돌면 교수대.

갑자기 조의 몸이 확 꺾였다. 계단이었다. 내려가는 계단이 아넌 올라가는 계단. 살 수도 있겠다는 기대감이 처음으로 뇌리를 스쳤다. 고문이나 살해는 이층보다 지하실에 더 어울릴 테니. 계단을 다 오르자 다시 복도가 나타났다. 최종 목적지는 어느 방 앞이었다. 등뒤로 문이 닫히는 소리를 듣고도, 팔이 자유로워지고도 조는 한참을 그대로 서 있었다. 봉지를 뒤집어쓴 채 내려다본 바닥은 다다미였다. 짜임이 촘촘하고 빛깔이 고왔다. 조는 안도의 한숨을 내쉬었다. 핏자국을 내기에는 지나치게 호사스런 다다미였다.

그런데도 호떡 봉지를 걷어내는 데는 적지 않은 용기와 다리가 후들거려 더는 서 있지 못할 정도의 시간이 필요했다. 방에는 아무도 없었다. 벽에 걸린 대통령 사진과 한구석에 얌전히 개켜놓은 침구뿐. 조는 허물어지듯 주저앉았다. 흔하디흔한 꽃무늬 베개와 이불에 그만 긴장이 풀리고 말았지만 주머니 속 시한폭탄을 까맣게 잊어버릴 정도는 아니었다. 조는 문제의 편지를 입에 구겨넣고 꿀꺽 삼켰다. 무사하다는 소식을 손에 넣기까지 십칠 년이 걸렸지만 목구멍 너머로 사라지는 데는 채 일 초도 걸리지 않았다.

생사조차 모르던 아버지가 보낸 편지였다. 운명의 수레바퀴가 엮어준 인연 덕에 편히 살고 있다면서도 조의 안위를 위해 상세한 내용은 밝힐 수 없다고 했다. 북에서 온 편지가 맞는다면 이미 달리는 호랑이 등에 올라탄 셈인데 안위 운운이라니. 조는 "네가 樂山 떠난 지"라는 대목에서야 의심을 거둘 수 있었다.

관서팔경으로 꼽히던 영변 동대에 놀러간 어느 여름날이었다. "영변에 약산 진달래꽃 아름 따다 가실 길에 뿌리오리다." 마실 올 때마다 글을 가르쳐주던 김선생님의 시를 읊으며 구룡강 찬물에 물장구치던 조가 발을 멈춘 것은 등뒤에서 들려오는 어떤 소리 때문이었다. 술 한잔 걸쳐 코가 빨개진 아버지가 깎아 세운 듯한 바위에 글을 새기고 있었다. 아버지가 글을 쓰는 모습은 처음이었다. 못 읽는 한자가 없으면서도 붓이라고는 잡는 법이 없던 아버지가 콧노래를 흥얼거리며 대문짝만하게 글을 새기다니! "말도 안 통하는 청나라 아바이가 술냄새를 풍기며 휘갈긴 글자에 반해 서리 초면에 고저 만리장성을 쌓고 말았"다는 어머니의 고백이 헛말은 아니었다. 과연 유려한 필체였다. 획 하나하나가 유유히 흘러가는 구름 같고 무심히 달리는 강물 같았다. 그런데 첫 글자가 좀 이상했다. 그곳 지명은 '藥山'인데 바위에 윤곽을 드러낸 글자는 '樂山'이었다. 풀 초艸가 빠졌음을 지적하자 부친은 "풀은 여기 지천인데……"라며 껄껄 웃었다. 한중의 석문에 '滾雪' 대신 '袞雪'이라 적고 "물은 여기 이렇게 많잖은가!" 했다는 조조처럼. 아버지의 편지가 틀림없었다. 말미에 슬쩍 던진, "대는 이었는지 모르겠다"는 물음 역시 아버지다웠고.

목숨을 위협하던 편지가 완전히 사라지자 조는 아내의 안부가 궁금해졌다. 왜 잡혀왔는지는 차차 알게 될 테지만 아내 걱정은 시간이 해결해줄 문제가 아니었다. 다음달이면 출산이었다. 노산(셋째가 벌써 열 살이었다)이라 마음이 놓이지 않았다. 입덧부터 유난스러웠다. 아들 보려다 죽은 귀신한테는 제상을 두 번 차려주느냐며 없는 성깔까지 부렸다. 갑작스러운 실종에 아내가 충격 받을까봐, 태아가 어떻게 되기라도 할까봐 두려운 조였다.

무사하다는 사실만이라도 알릴 수 있으면 좋으련만. 조는 교대로 문 앞을 지키는 등산화와 옥스퍼드화를 붙들고 통사정했다. 돌아오는 것은 왜 데려왔느냐고 물었을 때처럼 완강한 침묵뿐이었다. 아내가 신고하면 시끄러워지지 않겠냐는 은근한 협박에도 들은 체 만 체였다. 숫제 말을 섞으려 들지 않았다. 화장실에 데려다줄 때도, 문틈으로 밥을 들이밀 때도.

불행인지 다행인지 다른 방도 비어 있지는 않았다. '교수님'이라 불리는 사내 둘, '영감님'이라 불리는 사내 둘. 형편은 딴판이었다. 일층에 마음대로 내려가고 저들끼리 모여 뭔가 쑥덕이는 눈치였다. 이마저도 소리로 짐작할 뿐, 머리끝조차 구경할 수 없었다. 혼자가 아니라는 점은 그나마 위안거리였지만 철저한 격리는 막연한 불안감에 불길한 상상만 더할 따름이었다. 뒤처리를 감안해서? 언제고 쥐도 새도 모르게 없애버리려고? 아내에게 무사하다는 소식을 알리지 않는 것도?

편지를 없애봐야 소용없어. 저들은 이미 다 알고 있는 거야. 복도 저쪽에서 누군가 걸어오는 기척이 느껴질 때마다, 문 두드리는 소리가 들려올 때마다 조는 심장이 갈빗대를 부수고 튀어나오는 것 같았다. 몽둥이질이라면 혼절이라도 할 텐데. 막연한 두려움은 차라리 스스로 목숨을 끊고 싶어질 만큼 무시무시했다. 조가 혀를 깨물지 않은 것은 대를 이어야 한다는 의무감 덕분이었다. 조만간 태어날 애가 사내라면 삶에 연연하지 않을 수도 있었다. 하지만 그애가 딸일 경우에는 얘기가 달랐다. 어떻게든 살아남아야 했다. 거시기가 온전한 상태로. 전장에서 목숨을 부지하는 요령을 일러주면서도 아버지는 신신당부하지 않았던가. "절체절명의 순간에는 속옷까지 벗어던져야 한다. 필요하다면 불알도 내던져라. 대를 이어야 하니 두 쪽 다는 말고."

그러던 어느 날이었다. 등산화가 웬 메모를 내밀었다.

"브리핑 차트를 만들어줘야겠는데, 읽을 수 있겠는교?"

악필 중의 악필이었다. 하지만 대서소 십육 년 경력에 숱한 필체를 보아온 조였다.

"문제없습니다."

조는 메모를 쓱 일별하며 대답했다.

"정말 괜찮겠습니까? 요전번 필경사는 통 못 알아보던데."

등산화는 반신반의하는 표정이었다.

그제야 조는 베개에 묻어 있던 머리카락의 주인을 알 것 같았다. 그 사람은 어찌되었느냐고 묻고 싶었지만 꿀꺽 삼켰다. 곧이곧대로 답해줄 리도 없고 모르는 게 약이겠거니 싶었다. 그저 말을 걸어준 게, 뭐라도 일거리가 생긴 게 반가울 따름.

큰소리는 쳤지만 선뜻 붓을 집어들지 못했다. 문제는 내용. 가
필과 수정의 흔적으로 어지러운데다 사용된 단어들이 중구난방
이어서 '야마'가 잡히지 않았다. 유신維新의 법철학적 의미, 대통
령 권한 강화, 대통령 간선제 적극 검토, 중임 제한 등 독소조항
폐지, 가칭 통일주체국민회의 신설, 국회의원 정족수의 일정 비
율 지명, 반대 여론 무마…… 법조문인가 싶으면 신문 사설로 읽
혔고, 어찌 보면 학술논문 같기도 했다. 대체 무슨 소린지, 어디에
쓸 문건인지 요령부득이었다. 심지어 장개석, 드골, 프랑코 같은
이름까지 등장했다. 들여다볼수록 골만 아팠다.

맥락을 꿰고 있을 때보다 시간이 좀더 걸릴 뿐 작업에 큰 지장
은 없었다. 영어, 불어, 터키어, 그리스어, 스페인어, 네덜란드어,
에티오피아 글자라는 암하라어…… 생판 낯선 문자도 그림 그리
듯 한 자, 한 자 옮겨 적지 않았던가. 조는 대필의 길에 첫발을 들
이던 시절의 마음으로, '인간 타자기' 본연의 자세로 돌아갔다.

조가 그 별명을 얻은 것은 의식을 잃고 후송된 유엔군 야전
병원에서였다. 영자신문 기사를 장난삼아 깁스에 끼적인 게 발
단이었다. "When will Korean war end? Nobody knows it.
But there is no doubt about MacArthur's misjudgment. He
should have been careful not to affirm China would stand
out of the war." 실은 카투사가 아니라는 사실이 들통날까봐 일

216

부러 한 짓이었다. 한쪽 팔을 잃은 미군이 괴발개발 쓴 편지를 정서해달라 부탁할 줄은 꿈도 꾸지 못한 채. 당황스러웠지만 내친걸음이었다. 조의 글씨는 활자로 찍은 듯 단정해서 반응이 나쁘지 않았다. 희소식을 불러온다는 입소문(세번째 의뢰인은 아내로부터 이혼을 재고하겠다는 답장을 받았다)까지 더해지자 손에서 펜을 놓을 수 없게 되었다.

먹물의 농도에 운명이 걸리기라도 한 듯 조는 정성껏 먹을 갈았다. 무슨 브리핑인지는 몰라도 그놈의 브리핑 성패에 따라 생사가 갈릴 수도 있었다. 이제껏 갈고닦은 바를 총동원하리라는 다짐도 무리는 아니었다. 기예의 핵심은 아버지 따라 하기. 본래 잘나가는 필경사이긴 했지만 진짜 전성기는 아버지의 편지를 받은 뒤부터였다. 읽고 또 읽다보니 아버지의 필법이 자연스레 손에 뱄다. 정혼한 처녀의 마음마저 한순간에 훔쳐버린 마성의 필체. 동대 바위에 글을 새기고 오던 길에 아버지는 말했다. "무슨 글자든 읽어줄 사람을 떠올리며 써야 한다." 그럼 오늘은 누구를 머릿속에 그렸느냐는 물음에는 "산신령이지!" 하며 껄껄 웃었고.

먹을 다 갈고도 조는 붓을 집어들지 못했다. 브리핑 대상이 누군지 몰라서였다.

"무슨 문제라도 있습니까?"

저녁을 가져온 등산화가 우려 섞인 목소리로 물었다.

"브리핑을 누구한테 하는지 물어봐도 됩니까?"

"그건 와요?"

"누가 읽는지 알아야 제대로 쓸 수 있거든요."

"지는 모릅니다."

등산화가 딱 잘라 말했다.

내 인생은 여기까진가. 대를 잇지도 못했는데…… 신세를 한탄하던 조는 문득 고개를 들었다. 거울 속 자신보다 더 익숙한 얼굴이 이쪽을 내려다보고 있었다. 조는 저도 모르게 무릎을 꿇고 자세를 가다듬었다.

옥스퍼드화에게 차트를 건네는 조의 손이 떨렸다. 목숨을 운에 맡기는 심정이랄까. 브리핑 결과를 기다리는 낮과 밤은 유난히 길었다. 잠시도 자리에 앉아 있을 수 없었다. 담배만 거푸 피워댔다. 한 모금 빨 때마다 담배가 아닌 피가 타들어가는 듯했다.

조가 한시름 놓은 것은 이튿날 밤 문 너머에서 들려온 소리를 우연히 듣고서였다.

"처외삼촌이 무역 일을 하는데 벌이는 일마다 안 풀려가 지푸라기라도 잡는 심정으로 대서소를 확 바갔다 아이가. 그라고 나서 서류 내는 족족 자물통이 척척 열렸다 카대, 만능열쇠맹키로."

목소리의 주인공은 등산화였다. 문 앞을 지키고 있던 옥스퍼드화는 언제나처럼 말이 없었다. 그러거나 말거나 등산화는 혼자 떠들었다.

"차트 들고 갔다 번번이 조인트 까이고 오는 부국장님을 보다 못해가 이 몸이 조풍년씨를 추천했다 아이가."

느닷없이 끌려오게 된 내막이 드러난 순간이었다. 아버지가 옳았다. "살아가는 형편이야 알 길이 없지만 이것만은 명심해라. 세상만사에는 빛과 그림자가 있는 법. 빛이 눈부실 때는 그림자를 잊지 말고, 그림자가 짙을 때는 빛을 기억해라. 그러면 명대로 살 수 있다. 이 편지는 읽자마자 태우고 머릿속에서도 지워버려라. 그래야 탈이 없다." 분에 넘치는 명성이 명을 재촉한 꼴이었다. 반가운 소식이나 기쁜 일을 접하면 남몰래 "하오" 하며 웃음 짓던 아버지의 속내를 그제야 이해할 수 있을 것 같았다.

"적적할 텐데 이거라도……"

다음날 등산화가 선심 쓰듯 라디오를 내밀었다.

두번째 차트를 넘기고 며칠 뒤에는 양담배 한 보루가 돌아왔다. 집에 기별할 수 있게 해달라는 말을 조가 다시 꺼낸 것은 텔레비전이 방에 들어오던 날이었다. '테레비씩이라면……' 하는 마음에서였는데 결과는 기대에 어긋났다.

"그건 곤란합니다."

등산화가 정색하며 말했다.

뭔지는 몰라도 끝이 머지않았음을 조가 직감한 것은 순대를 사러 대문을 나선 지 한 달이 다 되어갈 무렵이었다. 방안 공기에 팽팽한 긴장감이 흘렀다. '교수님'과 '영감님' 들의 목소리는 모종의 거사라도 앞둔 듯 비장했고, 등산화와 옥스퍼드화는 분만실 앞에 선 사내들처럼 안절부절못했다.

진짜 안절부절못한 사람은 조였다. 날짜를 헤아려보니 분만예정일이 오늘내일이었다. 이미 지났는지도 몰랐다. 대통령이 지명하는 국회의원 수가 오락가락하는 통에 달이 바뀌고 말았다. 정족수의 3분의 1이었다가, 4분의 1이었다가, 5분의 2였다가, 다시 3분의 1이었다가…… 입에 맷돌이라도 매단 듯한 옥스퍼드화조차 "숫자가 문젭니다, 숫자가!" 하며 푸념을 늘어놓았으니 말 다했다. 아라비아숫자를 조그맣게 써라, 숫자가 아닌 한자로 적어라, 먹물을 짙게 갈아라…… '윗선'의 주문도 하나둘 늘어만 갔다. 심지어 벼루와 먹을 교체한 것으로도 모자라 영험하다는 팔공산의 어느 약수터에서 물을 공수해오기에 이르렀다. 이조차도 '차트 작성 지침'에 비하면 약과에 불과했다. VIP께서는 굵은 획을 선호하심. 가로획은 자연스러우면서 힘차게 상승해야 함. 세로획 모음 미결합시 권장 기울기는 $20°\sim25°$, 결합시는 $30°\sim35°$. 황당해서 입이 다물어지지 않았다.

마침내 조가 눈 딱 감고 칼을 뽑아든 것은 간밤 꿈자리가 뒤숭숭해 좌불안석이던 어느 날이었다. 아내에게 서신을 전해주지 않으면 붓을 잡지 않겠노라 선언했다. 이판사판. 한식에 죽으나 청명에 죽으나. 일이 끝나기 전엔 건드리지 못하리라는 계산이 없지 않았지만.

서신은 미리 써두었다. "무사히 잘 있으니 걱정 말게." 한 줄 적고 나니 더 할말이 없었다. 다른 사람의 글은 수천, 수만 번도 더옮겨 적었지만 자신만의 감정이나 생각을 붓끝에 실은 적은 손가락으로 꼽을 정도였다. 더구나 아내에게라면. 연애 시절 아내의손에 쥐여준 문장들조차 진짜 카투사 부상병이 읽던 책(표지에'젊은 베르테르의 슬픔'이라고 쓰여 있었다)에서 가져온 것이었다. "당신이 환자들에게 얼마나 소중한 존재인지를 나 자신이 가엾게 여겨지도록 절감하오. 내 마음은 병상에서 고통으로 신음하는 다른 누구보다 심각한 상태라오. 의사가 나에게 얼마 남지 않았다고 말한다면 마지막 순간에는 당신과 함께 있고 싶소." 아내는 유엔군 야전병원 간호사였다. 사흘이 멀다 하고 자청한 헌혈도그녀 곁에 있기 위함이었고.

"하필 이 중차대한 시점에!"

등산화의 얼굴이 새하얘졌다.

"나랏일 돕는데 무사하다는 말 한마디 못 전합니까?"

"그거야 위에서……"

"집사람 걱정에 한 자도 더 쓸 수 없습니다."

"꼭 이래야겠습니까?"

등산화가 자신을 노려보다 문을 꽝 닫고 나가도록 조는 꿈쩍도하지 않았다. 요구를 들어주기 전에는 손가락 하나 움직일 수 없다고 시위하는 것처럼.

서너 시간 뒤 문이 벌컥 열렸을 때 조는 주머니에서 담배를 꺼내려다 그대로 얼어붙고 말았다. 머릿속까지 파고드는 호떡 냄새. 집 앞에서 붙들려오던 밤의 공포가, 부스럭거리는 소리와 함께 눈앞의 세상이 까맣게 사라져버리던 순간의 공포가 되살아났다. 무시무시한 냄새의 발원지는 등산화의 손에 들린 누런 봉지였다. 봉지의 주인은 미간을 찌푸린 채 방바닥에 아무렇게나 내팽개쳐진 차트와 조의 얼굴을 번갈아 쳐다보았다.

조는 담배 생각이 더 간절해졌다. 주머니에서 담배를 꺼내는데 손이 부들부들 떨렸다. 뼈마저 얼릴 것 같은 두려움 앞에서 조가 할 수 있는 최후의 저항은 등산화를 등지고 앉는 것이었다. 겁에 질려 머리를 구덩이 속에 집어넣는 타조처럼. 너무 세게 나간 걸까? 두려움은 등졌지만 스멀스멀 밀려드는 후회는 어쩌지 못했다. 자꾸만 눈길이 벼루 쪽으로, 더는 안 되겠다며 내던진 붓 쪽으로 향했다.

"무사히 출산했답니다."

조는 자리에서 벌떡 일어서지 않을 수 없었다.

"아들입니까, 딸입니까?"

등산화는 선뜻 대답하지 못했다.

'이번에도 역시' 하고 조가 낙담하는 찰나.

"고춥니다. 고추."

등산화가 누런 봉지를 안기며 말했다.

"하오! 하오!" 하며 조가 연방 고개를 끄덕인 것은 등산화가 방에서 나간 뒤였다. 아버지의 충고를 깜박하지 않았다는 사실이 기쁨을 과소평가하는 근거가 될 수는 없으리라. 실상은 반대였다. 등산화가 건넨 따끈따끈한 호떡처럼, 온 세상이 손안에 들어온 기분. 죽어도 여한이 없을 듯했다. 그래서 한결 조심스러웠다. 까불거리면 행운이 호떡 속의 꿀처럼 손가락 사이로 빠져나갈 것 같았다. 흥분의 회오리가 가라앉자 안타까움이 밀려들었다. 이제야 자식 된 도리를 했는데 알릴 길이 막막했다.

조는 담배에 불을 붙이고 입에 물었다. 연기를 내뿜으면서 차트를 물끄러미 내려다보았다. 메모에 따르면, 이어 적어야 할 문구는 '대통령은 국회를 해산할 수 있다'였다. 돌연 조의 눈이 가늘어졌다. 담배 연기 때문만은 아니었다.

*

1972년 10월 17일 별안간 계엄령이 내려지자 세상은 벌집을 쑤신 듯했다. 국회는 문이 닫혔고 모든 정치활동이 금지되었다. 정부 비판에 앞장서온 인사들은 줄줄이 연행되었다. 침을 쏘며 저항할 만한 벌은 순식간에 씨가 마르고 말았다. 벌소리가 사라진 자리는 탱크들 차지였다. 그날 기습적으로 발표된 것은 계엄령만이 아니었다. 헌법개정안도 공표되었다. 일본의 메이지유신을 본떠 '유신헌법'이라 불린 새 헌법은 국민의 기본권을 현저히 제한한 반면 행정부 수반에게는 절대적 권한을 부여했다. 선거와 중임 제한에서 자유로워진 대통령은 국회의원 3분의 1을 지명할 수 있게 되었다. 가장 충격적인 대목은 국회를 해산할 수 있다는 조항이었다. 이 땅에 민주주의는 죽었다며 속으로 피 울음을 토하는 이도 있었고 김일성을 이기려면 어쩔 수 없지 않냐고 입에 거품을 무는 이도 있었지만 문제의 조항에서 문자적 오류를 발견한 사람은 거의 없었다. '解散'이 아닌 '解産'이라니! 자세히 보니 뒤 글자도 '産'이 아니라 희한하게도 '疒'이었다.

천국의 문

아버지가 오늘밤을 넘기지 못할 것 같다는 기별을 듣고서 여자가 가장 먼저 한 일은 화장을 고치는 것이었다. 핏기 없는 얼굴을 감추기 위해 바른 핑크색 아이섀도와 볼 터치를 지우고 비비 크림을 꼼꼼히 덧발랐다. 입술은 핑크와 베이지색 립스틱을 섞어 최대한 자연스러운 느낌을 냈다. 옷도 여러 벌 입어보았다. 고심 끝의 선택은 중요한 자리에 입고 가려고 사둔 까만 벨벳 원피스. 이 모두를 위해서는 조명부터 켜야 했다. 전화를 끊고 보니 자정 무렵이었고 출근 차림 그대로였다. 퇴근하자마자 소파에 쓰러져 잠들고 말았다. 어린이집 일이 고단해서만은 아니었다. 아버지가 요양병원으로 떠나고부터 생긴 버릇이었다.

여자는 부엌으로 가서 머그잔 가득 보리차를 따랐다. 북유럽

신화 속 상상의 동물이 그려진 커다란 잔. 북국으로의 오로라 여행은 여자의 오랜 꿈이었다. 여자는 시간을 들여 여러 모금 마셨지만 보리차를 절반이나 남겼다. 애당초 갈증을 달래기 위해서는 반잔이면 충분했다. 나머지는 아버지 몫. 언제부턴가 아버지는 뭐든 여자부터 먹어보게 했는데 독을 탔을지 모른다는 의심에서였다.

휴대폰 폴더를 열고 버튼을 뚫어지게 들여다보던 여자는 가볍게 입술을 깨물었다. 다른 가족에게 알려야 할지 판단이 서지 않았다. 이번이 벌써 세번째. 엄마와 여동생, 둘뿐이지만 매번 스무 통은 돌린 기분이었다. 다른 남자의 아내가 된 엄마는 남의 집 얘기처럼 데면데면 굴었고, 다른 나라에 살고 있는 여동생은 남의 나라 얘기인 양 시큰둥했다.

여자는 '2' 버튼을 길게 눌렀다. 두번째 단축번호의 주인공은 택시 콜센터였다. 유독 한밤중에만 고통을 호소하는 아버지 덕분에 영화나 드라마로만 접하던 응급실 풍경마저 일상이 된 지 오래. 무너지는 정신을 따라 아버지는 몸도 급격히 망가졌다. 폐가 먼저였고 그다음은 심장과 콩팥이었다.

십 분 넘도록 응답해오는 차량이 없었다. 빈 택시가 귀한 시간대긴 해도 밀려나듯 이사온 이 동네는 유난히 택시가 드물었다. 여자는 숄더백을 챙겨들고 서둘러 집을 나섰다.

"영등포요."

여자는 한 시간 가까이 발을 동동 구르고서야 택시에 오를 수 있었다.

"영등포 어디?"

운전사가 룸 미러를 쳐다보며 소리쳤다.

눌러쓴 야구모자 밖으로 삐져나온 머리카락이 희끗희끗했다. 라디오에서는 올드 팝이 흘러나오고 있었다.

여자는 요양병원 이름을 댔다.

"어디라고?"

"죄송하지만, 볼륨 좀 줄여주세요."

운전사가 라디오를 끄자 여자는 요양병원 이름을 또박또박 말했다.

"거기가 어디야?"

주말마다 택시 편으로 면회를 다녔는데 이런 경우는 처음이라고 생각하다 여자는 이내 착각이었음을 깨달았다. 갈 때는 버스를 탔다. 택시는 집으로 돌아올 때만이었다. 양볼 가득 알사탕을 물고서 병실 창가에 멍하니 앉아 있는 아버지를 보고 나면 무릎에 힘이 쭉 빠졌다. 택시비가 아깝긴 했지만 버스를 두 번이나 갈아 탈 자신이 없었다. 허물어진 벽 같은 얼굴로 아버지는 무슨 생각을 할까? 생각이라는 걸 하기는 할까? 두서없는 상념은 언제나 영혼(사람에게 영혼이 있을까?)과 죽음(영혼이 있다면 죽은 뒤에는 어떻게 될까?)에 관한 물음으로 귀결돼서 여자는 한층 무기력해진 채 택시에서 내려야 했다.

"죄송하지만, 내비게이션으로 찾아봐주실래요?"

"무슨 병원이라고?"

"에버그린이요."

"이름 참 희한하네."

운전사가 굼뜬 손놀림으로 한 획 한 획 새기듯 목적지를 입력했다.

"그런 곳은 없다잖아."

운전사가 버럭 소리쳤다. 억울한 일이라도 당한 사람처럼.

아버지도 기억이 가물가물하다 싶으면 언성부터 높였다. 도화선은 숫자였고 뇌관은 단어였다.

구름, 나무, 강물.

다시 물어보겠다고 일러주며 의사는 아버지에게 세 개의 단어를 따라 하게 했다. 그런 다음 백에서 일곱씩 빼게 했다. 세 번 만에 엉뚱한 숫자가 튀어나왔다. 의사가 셈을 중단시키더니 좀전의 단어를 물었다.

"얼음, 나물, 강릉."

얼음 대신 기름이거나 나물 대신 녹두(음식에 대한 집착은 전형적인 치매 증상이라고 의사는 설명했다)일 때도 있었지만 강물은 어김없이 강릉. 아버지의 인생과 무관한 지명이었다. 여자는 아버지에게 묻지 않을 수 없었다. 그곳에 가본 적이 있느냐고, 무슨 연고라도 있느냐고. 아련해지는 눈빛도 잠시, 아버지는 핏대를 세우며 생뚱맞은 소리를 해댔다. "왜 밥 안 줘!" 방금 드시지 않았느냐고 하자 옆집 여편네가 훔쳐먹었다며, 아비를 굶겨 죽일 작정이냐고 파랗게 역정을 냈다.

"잠깐만요."

여자가 숄더백을 뒤지기 시작했다. 엊그제 한 달 치 입원비를 치르고 영수증을 받았는데. 한참을 뒤져도 보이지 않던 영수증은 여권 갈피에서 나왔다. 여자가 늘 지니고 다니는 여권은 유효기간이 몇 달 안 남았지만 도장 한 번 찍힌 적 없이 깨끗했다.

여자는 영수증을 들여다보며 병원 주소를 댔다.

"에버그린이 아니라 그레이스네. 그레이스 요양병원."

운전사가 내비게이션을 가리키며 거 보라는 듯 외쳤다.

여자는 아차, 싶었다. '에버그린'은 요양병원에 딸린 장례식장 이름이었다. 이상하게도 병원과 장례식장 이름이 달랐다.

남의 이목을 의식해야 하는 유족의 처지를 감안해서라고, 부모가 요양병원에서 숨을 거뒀다는 사실이 드러나지 않기를 바라는 사람들이 많다고 귀띔해준 사람은 치매 병동의 남자 간호사였다. 해가 두 번 바뀌도록 가벼운 눈인사나 주고받던 사내와 단둘이 마주하게 되리라고 어찌 알았겠는가. 과도를 빼앗아 든 아버지가 나가게 해달라고, 내보내주지 않으면 다 죽여버린다고 고래고래 소리치는 장면을 상상도 못한 것처럼. 모두가 얼어붙은 순간 사내만 뭔가를 했고, 아버지가 돌연 사지를 늘어뜨리며 고꾸라졌지만, 어찌된 노릇인지는 짐작조차 할 수 없었다.

무슨 혈인가를 찔렀다고, 왕년에 침을 좀 놨다고 사내는 덤덤히 얘기했다. 어느 빈소에서였다. "이럴 때일수록 뭘 먹어야" 한다며 사내는 바들바들 떨고 있던 여자를 요양병원에 딸린 장례식장으로 데려갔다. 사내가 영정에 절하는 동안 여자는 상주들을 물끄러미 바라보았다. 어딘가 모르게 주눅든 모습이 교무실에 불려온 학생들 같았다. 반면 새로 차려진 상 앞에 자리를 잡는 사내는 예약석이라도 찾아가는 사람처럼 거침이 없었다.

"아는 분이세요?"

육개장에 밥을 말고 있던 사내에게 여자가 물었다.

"아니요."

무슨 상관이냐는 듯, 사내가 어깨를 으쓱했다.

그후로 여자는 면회 갈 때마다 사내를 찾았다. 처음에는 감사의 뜻을 전하기 위해서였고 두번째는 그냥 오기 서운해서였고 세번째부터는 응당 밟아야 할 절차로 여겨졌다. 데이트는 아니었다. 등나무 밑 벤치에 앉아 커피를 마시며 나누는 몇 마디가 전부였다. 여자는 궁금했다. 말총머리만 아니면 특별히 눈길 끌 만한 구석이 없는 사람인데 어디서 그런 자신감이 나오는지. 되짚어보니 병실에서도 사내는 남다른 데가 있었다. 주사를 놓거나 소변 줄을

갈아끼우는 모습이 섬세하고도 자연스러웠다. 지켜보는 사람의
마음을 편안하게 만드는 그 태도는 분명 능숙함과는 달랐다.

길에는 불빛이 많았고 운전사는 말이 많았다. 여자로서는 뭐라
대꾸하기 난감한 말이 대부분이었다. 여자가 얌전해 보이지 않았
다면 그냥 지나쳤을 거라고 운을 떼더니 심야 운행중 겪은 진상
승객들의 만행을 무슨 무용담처럼 늘어놓았다. 개중에는 화투짝
을 신용카드라고 내밀었다는 일화도 있었다.

"빨리 계산하라고 눈을 부라리는데 환장하겠더라고. 달광도 아
니고 흑싸리 껍데기를……"

운전사가 혀를 찼다.

치매에 효과가 있다는 소리를 듣고 여자는 아버지와 화투를 쳐
보기도 했다. 손에 들린 패를 찬찬히 들여다보는 순간만큼은 예
전 모습을 되찾은 듯했다. 운전대를 잡기 전 지도부터 꼼꼼히 살
피던 아버지. 퇴근하면 신발이 가지런히 놓였는지부터 확인하던
아버지.

운전사가 라디오를 다시 켰을 때 여자는 누구누구에게 부고를
전할지 고민하고 있었다. 출근을 못할 테니 어린이집에는 당연히
알려야 했다. 문제는 친구들이었다. 알려도 괜찮을지 하나같이 애
매했고 대신 연락을 돌려줄 이도 마땅치 않았다.

검고 긴 구름이 몰려와요.

천국의 문을 두, 두, 두드려요.

학창시절 여자가 곧잘 흥얼거리던 팝송이었다. 차창 밖 불빛들
을 바라보며 여자는 검고 긴 구름의 끝, 죽음 뒤에는 무엇이 기다
리고 있을까 생각했다.

죽음이란 빛의 일부가 되는 것이라고 말한 사람은 사내였다.

"흐르는 강물은 바다를 만나는 순간 가장 고요하죠. 근원으로
돌아가니까. 아니, 근원의 일부가 되니까. 마지막 순간 우리는 따
뜻하고 부드러운 빛에 휩싸여 깃털처럼 날아올라 거대한 빛의 일
부가 돼요. 무한한 빛의 입자들이 먼지처럼 떠 있는 그 거대한 빛
은 시시각각 색깔을 바꾸며 아름답게 물결치죠."

사내는 눈을 지그시 감고 있었지만 마치 눈앞에 펼쳐진 광경을
묘사하는 듯했다.

"오로라처럼요?"

여자가 눈을 반짝였다. 언젠가 보았던 여행 다큐멘터리의 장면
들을 떠올리며.

"맞아요. 오로라처럼."

사내의 입가에 미소가 어렸다.

"그런데 어떻게 그리 자신할 수 있죠?"

사내는 침묵 속으로 침잠하는가 싶더니 갑자기 눈을 떴다.

"직접 봤다면 믿겠어요? 트럭에 치여 심장이 멎었던 반나절 동안 겪은 일이라면? 사람들은 왜 기를 쓰고 먼지를 닦아낼까요? 결국 먼지로 돌아가서예요. 먼지에서 먼지로, 빛에서 빛으로. 사실 별이란 우주먼지 덩어리죠. 별과 사람은 구성 성분이 같다는 거 알아요? 어둠이 두려운 건 빛으로 돌아간다는 진실을 일깨우기 때문이에요. 어둠을 두려워할 때 우리가 진정 두려워하는 대상은 빛인 셈이죠. 그러니 죽음을 두려워할 필요는 없어요."

이번에는 여자의 눈이 스르르 감겼다. 사내의 음성에 귀를 기울이고 있자면 꾸깃꾸깃 접힌 마음의 갈피가 말끔히 펴지는 느낌이었다. 고통과 억울함과 죄의식 속에서 아버지의 최후를 남몰래 꿈꾸던 순간 접힌 자리까지도.

여자는 숄더백에서 콤팩트를 꺼내 다시 화장을 고쳤다.

한밤의 병원은 면회가 허락되는 낮과는 공기부터 달랐다. 불길한 적막 너머에서 묵은 기침 소리, 코 고는 소리, 슬리퍼 끄는 소리가 단속적으로 들려왔다. 물 내리는 소리도 났다. 익숙한 소리 하나하나는 너무나 현실적이어서 오히려 딴 세상에서 새어나오는 듯 비현실적이었다.

냄새는 여전했다. 젖내, 지린내, 소독약 냄새가 뒤섞인 야릇하게 비린 냄새. 놀랍게도 어린이집에서 날마다 맡는 냄새였다. 수액 주머니인지 오줌 주머니인지를 옆구리에 낀 노인들의 거처에서 어린이집 냄새가 나다니. 둘 중 하나였다. 요양병원에서 생명의 냄새를 맡았거나, 어린이집에서 죽음의 냄새를 맡았거나. 어쩌면 두 냄새가 본디 하나인지도 몰랐다.

여자는 어두운 복도와 침침한 계단을 지나 아버지의 병실로 향했다. 빛은 비상구 표시등과 화장실에서만 흘러나왔다. 아버지가 집에 있던 시절에도 화장실에는 언제나 불이 켜져 있어야 했다. 전립선이 비정상적으로 커진 아버지 때문이었다. 문도 닫지 않고 변기 옆에 쭈그려앉아 볼일을 보던 아버지는 영락없이 주위를 경계하는 짐승 같았다. 동생이 말도 없이 어디론가 사라졌다가 이튿날 화상 입은 손으로 나타났을 때처럼.

이제 와서 이혼하려는 이유가 뭐냐고 묻자 엄마는 십수 년 전 얘기를 끄집어냈다.

"시장 입구에서 울고 있더라며 야쿠르트 아줌마가 데려왔잖니. 그런데 아줌마가 돌아서기 무섭게 네 아빠가 귀에 대고 속삭이는 거야. '저 여자, 경찰에 신고해야 하는 거 아냐?' 왠지 모르게 숨이 턱 막히더라."

엄마가 이혼이라는 두 글자를 마음에 품은 순간이었다. 여자는 열 살, 동생은 여덟 살. 동생의 대학 졸업만 기다린 셈이다. 여자는 아버지 곁에 남았다. 동생이 독립하겠다고 선수를 쳤고 엄마에게는 새 남자가 있었으니 선택이라고 할 수도 없었다. 애당초 독립의 뜻을 내비친 사람은 여자였다. 일본 유학에 관심을 가진 쪽도, 오로라의 나라를 동경한 쪽도. 실제로 일본 유학길에 오르고, 거기서 만난 일본 남자와 결혼하고, 핀란드 남자와 재혼해 헬싱키행 비행기에 몸을 실은 쪽은 동생이지만. 우울이 수챗구멍처럼 걷잡을 수 없는 감정의 소용돌이를 일으키는 순간마다 여자는 자신의 삶을 도둑맞은 기분에 사로잡혔다. 진짜 삶은 다른 곳에 있는 것 같았다. 여기만 아니라면 그 어디든.

아버지는 잠들어 있었다. 색색거리는 얕은 숨소리, 못마땅하다는 듯 찌푸린 표정, 또하나의 밤을 건너가도록 부지런히 돌아가는 의료기구들. 여자는 뭔가를 찾아내려는 사람처럼 아버지의 얼굴을 구석구석 뜯어보았다. 차가운 벽을 더듬어 조명 스위치까지 켰다. 천장의 형광등이 요란스레 푸드덕거리며 어둠을 밝혔다. 낮보다 쇠잔의 기미가 완연했지만 오늘밤을 넘기지 못할 것처럼 보이지는 않았다.

갑자기 천장이 낮아진 것 같았다. 어린이집 애가 그랬다면 여자는 "네 키가 자란 거야"라고 일축했으리라. 아이들의 세상에 애매하거나 불가해한 구석은 없었다. 답이 뻔한 문제 같달까. 말문이 트이지 않은 애들의 울음은 졸아든 위장이나 축축해진 기저귀를, 머리꼭지가 여문 애들의 울음은 빼앗긴 장난감이나 빼앗지 못한 장난감을 의미했다.

여자는 스테이션으로 향했다.

당직 간호사는 팔짱을 낀 자세로 꾸벅거리고 있었다. 남자였다.

치매 병동에는 남자 간호사가 적지 않았다. 아버지의 위독을 알려온 목소리도 묵직한 중저음이었다.

인기척을 느꼈는지 간호사가 눈을 뜨고는 무슨 일이냐고 물었다. 여자는 병원에 달려오게 된 경위를 설명했다. 얘기가 끝나기도 전에 간호사는 벌떡 일어나 병실로 뛰어갔다. 막상 와보니 별탈 없어 보인다는 말을 덧붙일 틈도 주지 않은 채. 아버지의 상태를 확인하고서는 전화를 받은 게 확실하냐고 따지듯 물었다. 황당했다. 하지만 여자가 쥐어짤 수 있는 최대치의 항변은 혹시 전화하지 않았느냐는 자신 없는 물음이 고작이었다.

"제가요?"

"정말로 전화가 왔다고요."

"거, 참!"

간호사가 휴대폰을 꺼내들고 여기저기 알아보기 시작했다. "확실하죠?"라는 물음이 거듭될수록 여자를 흘긋거리는 눈초리가 가늘어졌다.

"그런 전화 한 사람은 없는데요."

"제가 헛소리를 하고 있다는 건가요? 이 시간에 택시까지 타고와서요?"

여자는 휴대폰을 꺼내 최근 통화 목록을 뒤졌다. 뒤질 것도 없이 금방 찾았다. 택시 콜센터 바로 다음이었다.

"보세요. 여기……"

'발신번호표시제한'. 낯선 여덟 글자에 여자는 말을 잇지 못했다.

"병원이 확실합니까?"

"분명히 아버지가 오늘밤을 넘기기 힘들 것 같다고 했어요."

"어쨌든 별일 없으니 된 거잖아요."

"형광등 좀 갈아주세요."

"네?"

"형광등에서 소리나는 거 안 들려요?"

무엇 때문인지 여자는 억울한 기분을 떨칠 수 없었다.

"이보세요, 저는 환자 돌보는 사람이지 형광등 가는 사람이 아니거든요."

간호사는 어이없다는 표정이었다.

"저 소리 때문에 잠을 설쳐 건강이 악화될 수도 있잖아요. 그분이라면 군말 없이 갈아줬을 텐데."

"누구요?"

"됐어요."

"이젠 돌아가세요."

"기왕 왔으니 좀 있다 갈 거예요."

"면회시간 끝났어요."

팽팽한 침묵이 흘렀다.

"여기까지 왔는데 그냥 갈 수는 없잖아요."

갑작스러운 애원조였다. 여자의 볼이 빨개졌다. 여자는 이성에게 매력을 어필하는 데 소극적이고 서툴러서 그런 순간이면 얼굴을 붉혔는데, 그래서 되레 남자들의 눈길을 끌곤 했다. 잠재력은 충분했지만 둔감했다. 둔감하다기보다는 죄의식을 느꼈다. 대개는 불필요한 죄의식이었다. 불필요한 죄의식 속에서 여자는 평온을 얻었다. 그것은 몇 안 되는 구애자들을 자신도 모르게 밀어낸 방식이기도 했다. 결혼이라는 청춘의 빛이 가장 가까이 다가왔던 순간에도, 그러니까 일몰의 바다 위에 떠 있는 기분을 자아내던 카페에서 반지 케이스를 앞에 두고도 여자는 아버지를 떠올렸다. 아버지의 끼니, 아버지의 불면, 아버지의 발작, 그러니까 아버지라는 어둠.

"곤란한데……"

간호사는 머리를 긁적이며 병실을 나갔다.

여자는 아버지 곁에 앉았다. 대체 누가, 왜 그런 전화를 걸었을까 곰곰이 따져보면서. 장난으로? 아버지의 입원 사실을 아는 사람 중 그런 몹쓸 짓을 할 만한 사람은 없었다. 신종 피싱? 돈을 요구하지는 않았으니, 혹시 집을 비운 틈을 노리려고? 여자는 고개를 저었다. 너무 나갔다. 가능성과는 별개로 좀 으스스하기도 했다.

이제 보니 아버지는 전보다 살이 오른 듯했다. 여자의 마음 한구석에서 찬바람이 일었다. 관심을 끌려고 온종일 안달이던 아이가 뒤도 돌아보지 않고 엄마에게 안기는 모습을 지켜볼 때처럼. 정작 살이 빠진 쪽은 여자였다. 혼자 살게 되면서부터였다. 버스를 기다리다, 생선을 고르다, 화분에 물을 주다 몽유에서 깬 사람처럼 화들짝 주위를 둘러보곤 했다. 괜찮냐는 말을 듣는 날이 잦아졌다. 혼자만의 저녁은 점점 부실해지더니 찐 감자 한 알이 전부. 어둑어둑한 반지하의 부엌에서 입안으로 감자를 꾸역꾸역 밀어넣는 저녁이면 한 네덜란드 화가의 그림 속에 들어앉은 듯했다. 아버지만 떼어내면 새로운 인생이 펼쳐지리라 기대했는데. 휴대폰을 최신형으로 바꾸고, 영어회화 학원에도 등록하고, 오로라를 보러 갈 수 있을 줄 알았는데. 아버지만 없다면.

여자는 감자를 삼키다 가끔 사레가 들렸고 그것과는 무관하게 아버지를 퇴원시킬까 싶은 순간이 몇 번 있었다. 아버지가 중환자실 신세를 질 때마다 시 외곽으로, 작은 평수로, 산동네로 세간을 옮기고도 요양병원비 때문에 다시 반지하로 내려앉은 여자였다. 더 물러나야 한다면 이제는 땅속이나 하늘뿐. 하지만 무시로 얼굴을 내미는 아버지의 폭력성을 감당할 자신이 없었다.

아버지가 망치를 휘둘러 거울을 깨던 날, 맨발로 집을 뛰쳐나간 여자는 공중전화 부스에서 수신자 부담으로 동생에게 전화했다. 하지만 동생은 별일 아니라는 듯 태연하게 대꾸해서 여자를 더 놀라게 했다.

"언니는 안 맞고 컸구나. 난 걸핏하면 얻어터졌는데."

여자는 동생의 말이 믿기지 않았다. 실종 사건을 기억하지 못한다고 했을 때처럼.

무엇 때문인지 여자의 부모는 그 일을 쉬쉬했다. 부부싸움 와중에만 한 번씩 입에 올랐는데 번번이 여자에게 불똥이 튀었다. 아버지는 하나뿐인 동생을 건사하지 못했다고(여자는 친구들과의 놀이에 정신이 팔려 동생이 사라진 줄도 몰랐다) 윽박질렀고 엄마는 역성을 들어주지 않는 방식으로 동조했다. 여자는 억울했다. 당사자에게 그 얘기를 꺼낸 것은 괜찮다는 말을 듣고 싶어서였는지도 모른다. 단순한 호기심이었다면 "집에 있던 나도 죽을 만큼 무서웠는데 넌 오죽했겠니"라는 식으로 운을 떼지는 않았으리라.

"무슨 소리야?"

동생은 모르는 일이라는 듯 퉁명스레 물었다.

그날의 날씨부터 옷차림까지, 있는 기억 없는 기억 다 들췄지만 동생은 끝까지 아무 기억도 떠올리지 못했다. 여자는 말문이 막혔다. 처음에는 어안이 벙벙했고 나중에는 서운했다. 얼마나 놀랐으면, 얼마나 잊고 싶으면 저럴까, 안쓰러운 마음도 들었지만 서운함을 누그러뜨릴 정도는 아니었다. 동생의 반응을 곱씹을수록 서운함은 동생의 손등에 남은 흉터만큼이나 또렷해졌다. 여자는 동생이 자신을 탓하고 있다는 결론에 이르렀다. 하지만 난데없이 울분을 터뜨리는 아버지의 눈빛에서 낯선 영혼의 불꽃을, 생경한 삶의 그림자를 발견했을 때만큼은 동생의 말을 재고하지 않을 수 없었다. 어느 쪽이 진짜일까? 내가 알던 아버지는 어디로 갔을까?

여자는 아버지 곁을 떠나지 않았다. 날이 밝을 때까지는 그래야 할 것 같았다. 두 손을 가슴 위에 가지런히 모은 아버지는 입관을 기다리는 시신 같았다. 창 너머에서 반짝이는 네온사인 탓일까. 아버지의 손이 푸르스름했다. 수시로 색깔을 바꾸는 불빛 속에서 여자는 지독한 피로감을 느꼈다. 당장 화장을 지우고 훈김 가득한 욕조에 눕고 싶었다. 네온사인은 한밤에 뜬 무지개처럼 눈부셨다.

"한밤의 무지개를 봤어. 언니도 봤어야 하는데."

오로라를 보고 흥분에 들떠 전화한 여동생을 떠올리자 피로감은 극심해졌다.

여자는 아버지의 침대 가장자리에 팔꿈치를 대고 두 손을 모았다. 둔중한 피로감 속에는 날카로운 통증이 도사리고 있었다. 아랫배가 뜨겁고 묵직했다. 생리의 기미라면 열흘이나 일렀다. 출산 경험이 없을수록 폐경이 빠르다는 기사를 본 뒤부터 여자는 생리주기에 예민해졌다. 여자는 합장한 손 위에 이마를 얹었다. 뭔가를 간절히 기원하는 모양새였으나 여자에게는 그럴 기력조차 없었다. 눈물이 볼을 타고 흘러내렸다. 힘들 때마다 마법처럼 마음을 다독여주던 전생 얘기(사내에 따르면, 여자는 원나라에 볼모로 끌려간 고려의 공주였고 아버지는 호위 무사였다)도 소용없었다. 여자는 울음을 삼키며 흐느꼈다. 아버지가 깰까봐서였다.

여자는 섬뜩한 한기에 흠칫 눈을 떴다. 라디에이터는 여전히 열기를 뿜어내고 있었다. 차가운 기운의 발원지는 아버지였다. 손과

발이 찼다. 손발을 주무르다 여자는 문득 이마를 짚어보았다. 싸늘했다. 코밑에 손가락을 대봤다. 숨쉬는 기미가 없었다.

"여기요! 여기요!"

여자는 복도로 뛰어나가 스테이션에 대고 외쳤다.

"무슨 일인데요?"

복도 저편에서 졸음기 어린 목소리가 들려왔다.

"아버지가, 아버지가 이상해요."

간호사는 병실로 뛰어와 아버지의 상태를 살폈다.

"언제부터 이랬습니까?"

간호사의 목소리가 다급했다.

"모, 모르겠어요. 깜박 졸다 깨보니……"

간호사는 당직 의사를 호출하는가 싶더니 아버지의 가슴을 두 손으로 힘껏 눌렀다 떼기 시작했다.

의사가 가운의 단추도 채우지 못한 채 헐레벌떡 달려왔다. 의사는 아버지의 맥을 짚어본 뒤 눈꺼풀을 밀어올리고 손전등을 비췄다.

"시피알은?"

"효과가 없습니다."

"디피브릴레이션!"

간호사가 전기충격기를 가져왔다. 여자 간호사가 한 명 더 뛰어왔다. 여자 간호사가 아버지의 상의를 풀어헤치고 전극을 연결

했다.

"이백 줄!"

의사가 양손에 끼운 마사지기를 비비며 소리쳤다.

남자 간호사가 전기충격기의 전압 조절 다이얼을 돌렸다. 삐, 소리가 나자 의사가 마사지기를 아버지의 가슴에 댔다. 아버지의 몸통이 펄쩍 튀어올랐다.

"맥박!"

"반응 없습니다."

"삼백 줄!"

아버지의 심장은 여전히 잠잠했다.

"삼백육십 줄!"

더 높이 튀어오르는 아버지, 꿈쩍도 않는 파란 전자 화면 속 새하얀 직선.

갑자기 주위가 조용해졌다. 간호사들은 자기들끼리 은밀한 눈짓을 주고받았다. 다 끝났다고. 물건너갔다고. 눈앞의 상황을 이해하지 못하는 사람은 여자뿐이었다. 의사가 마사지기를 맥없이 내려놓을 때도, 굳은 얼굴로 손목시계를 들여다볼 때도, 사무적인 말투로 사망선고를 할 때조차도.

처진 눈초리, 살짝 올라간 입꼬리. 미소 짓고 있었다. 원치 않은 역을 떠맡은 배우처럼 평생 뚱한 얼굴로 살아온 아버지가. 여자는 하마터면 "아버지가 웃고 있어요"라고 소리칠 뻔했다.

여자는 불의의 일격을 받은 듯 휘청거렸다. 속이 메스꺼웠다. 이 미소에는 밝혀야 할 무엇이 있다. 저 웃음에는 어딘지 공평하지 못한 구석이 있다. 가까이 있던 여자 간호사가 부축하려 했지만 여자는 손을 내저으며 휘적휘적 병실을 빠져나갔다.

아버지의 미소에서 벗어난 뒤에도 여자는 갈피를 잡을 수 없었다. 아버지에게 대체 무슨 일이 벌어진 걸까? 저 행복한 표정이라니. 천국의 문이라도 열어젖힌 사람 같지 않은가.

어떤 이야기 하나가 여자의 뇌리에 섬광처럼 떠올랐다.

"용한 침쟁이들은 도살장에도 출장을 가요. 귀한 상에 올릴 돼지머리를 위해. 정수리 깊이 침을 찌르면 돼지가 보기 좋게 미소 짓죠. 실은 근육의 기계적인 반응일 뿐, 진짜 웃는 건 아니에요. 인간만이 웃을 수 있어요. 웃음이야말로 영혼이 있다는 증거죠. 그 영혼을 육신의 감옥에서 해방시키는 혈이 있어요. 천국의 문이라 불리는 혈 깊숙이 침을 찔러넣으면 단잠에 빠져 미소를 지으며 저세상으로 가죠."

여자는 전화의 장본인이 누군지 알 것 같았다. 발신번호를 감춘 목소리는 아버지가 "오늘밤을 넘기기 힘들어요"라고 했다. 오늘밤을 넘기기 힘들 것 같다거나, 오늘밤을 넘기지 못할 수도 있다가 아니라. 비상구 문을 열고 계단참으로 나간 여자는 주변을 둘러보며 휴대폰을 꺼냈다. 막상 신호음이 울리기 시작하자 여자는 무슨 말을 하려고, 어떤 말을 듣기 위해 전화를 거는지 분명치 않다는 사실을 깨달았다.

냉정하게 따져보면 의심의 근거는 빈약했다. 확신에 찬 말투만으로 사내였다고 단언할 수 있을까? 아버지의 미소? 그것만으로 사내의 소행이라고 단정지을 수 있을까? 여자는 자신이 없었다. 아버지가 미소를 지었는지조차.

사내가 왜?

여자의 미간에 주름이 잡혔다. 지난 주말이었다. 면회가 끝난 뒤 사내에게 술이나 한잔하자고 청한 것은. 이달 치 병원비가 모자라 삼만원씩 부어오던 연금저축보험마저 깼는데 아버지는 자신을 한순간도 알아보지 못했다. 맨정신으로는 집까지 갈 엄두가 나지 않았다.

"대체 저 사람은 누구죠? 아버지는 어디로 간 거죠?"

여자가 억지로 삼킨 소주 몇 모금에 기대 따지듯 물었다.

사내는 묵묵히 술만 마셨다.

"죽으면 정말로 빛이 되나요?"

여자가 재우쳐 물었다.

사내가 천천히 고개를 끄덕였다.

"진짜로 빛이 돼요? 누구든, 어떻게 살았든?"

사내는 다시 고개를 끄덕였다.

"아무 고통도 없이 말이죠?"

여자가 뭔가를 확인하려는 사람처럼 또 물었다.

"그래요. 육신의 감옥에서 빠져나오자마자 환희를 느끼면서."

"그러니까 말하자면……"

"네, 천국의 문을 연 것처럼."

사내가 여자를 똑바로 쳐다보며 말했다.

여자는 사내의 시선을 피하며 얼굴을 붉혔다.

설마. 여자는 제 그림자에 놀란 아이처럼 부르르 몸을 떨었다. 오싹했다. 무엇 때문인지는 모호했다. 모호해서 더 오싹했다. 두려워하던 무언가가 자신도 모르는 사이에 돌이킬 수 없는 사실이 돼버린 것 같았다.

여자는 다시 전화를 걸었다. 사내의 말을, 터무니없는 소리라는 한마디를 듣고 싶었다. 특유의 차분한 목소리를 들으면 예전처럼 이 마음의 소요도 잦아들 텐데. 한편으로는 무섭기도 했다. 무시무시한 얘기를 듣게 되면 어쩌나 싶었다.

영원히 계속될 것 같던 신호음이 멎고 메시지를 남기라는 안내음이 들렸을 때였다. 여자의 눈에 장례식장의 불빛이 들어왔다. 혹시? 여자는 장례식장 쪽으로 걸었다. 아무 연고도 없는 빈소에 앉아 있으면 편해진다던, 머리가 복잡하거나 마음이 무거울 때 찾아가면 거짓말처럼 홀가분해진다던 사내의 말을 떠올리면서.

정작 장례식장 앞에서는 동전이라도 던지고 싶은 심정이었다. 앞면이면 들어가고 뒷면이면…… 반반이었다. 사내가 거기 있기를 바라는 마음과 없기를 바라는 마음이. 그러니까 얼굴을 보며 물어보고 싶은 마음과 그러고 싶지 않은 마음이. 동전의 결정이라면 순순히 받아들일 수 있을 듯했다.

어느새 여자는 안내 전광판에서 상주의 명단이 가장 긴 빈소를 찾고 있었다. 불청객임이 탄로난 적 없느냐는 물음에 사내는 웃으며 말했다.

"상주가 제일 많은 곳을 골라요. 낯선 사람을 봐도 다른 형제의 문상객이겠거니 할 테니까."

여자는 아들 셋, 며느리 셋, 딸 둘, 사위 둘을 거느린 죽음을 향해 계단을 올랐다.

삼층 특실은 빈소와 접객실이 복도 양편으로 나뉘어 있었다. 문상객이 드문드문 앉아 있는 접객실은 영업이 끝나가는 식당처럼 한산했다.

여자는 접객실 입구에서 신발을 벗다 멈칫했다. 저기 구석자리에서 사내가 벽을 마주하고 앉아 술잔을 기울이고 있었다. 여자는 비틀거리며 신발장을 짚었다. 가라앉은 줄 알았던 메스꺼움이 뱃속 깊은 곳에서 다시 꿈틀댔다. 메스꺼움은 시작에 불과했다. 한기가 도나 싶더니 뜨겁고 맹렬한 무언가가 온몸을 휘저었다. 토할 것 같았다. 까맣게 잊고 있던 어떤 기억 때문이었다.

현대시의 이해인지 감상인지 하는 제목의 대학 교양수업 시간이었다. 낮게 깔리는 부드러운 목소리가 매력적이던 젊은 강사가 여자에게 영시를 낭송하게 했다. 가스오븐에 머리를 들이밀어 자살했다는 한 여자 시인의 작품이었다. 맨 앞에 앉은 학생부터 한 연씩 읽고 해석하는 식이었으니 특별히 여자를 지목했다고 할 수는 없었다. 하지만 차례가 다가올수록 여자는 얼굴이 달아오르고 숨이 가빠졌다. 강사를 흠모해서만은 아니었다. 뛰는 가슴을 진정시키려 애쓰며 일어난 여자의 몫은 마지막 연이었다.

　　당신의 살찐 검은 심장에는 말뚝이 박혀 있지.
　　마을 사람들은 당신을 조금도 좋아하지 않았어.
　　그들은 춤추면서 당신을 짓밟지.
　　그 사람들은 당신인 줄 언제나 알고 있었어.

　문제는 다음 한 줄. 침묵이 일 초 일 초 끊어질 듯 이어졌다. 입이 떨어지지 않던 여자에게는 누군가의 일생처럼 느껴지는 시간이었다. 스무 살 즈음의 여학생들로 가득찬 극장식 강의실은 찬물을 끼얹은 듯했다. 분위기가 어색해졌다고 여겼는지 강사가 짓궂은 얼굴로 농담을 건넸다.

　"걱정 말아요. 아버님께는 비밀로 할 테니."

　아이를 안심시키듯 과장스러운 말투. 여학생들은 웃음바다로 강사의 재치에 찬사를 표했다. 온 세상이 웃는 듯하던 바로 그 순간, 전에 느껴본 적 없는 끔찍한 감정이 벼락처럼 여자를 때렸다. 여자가 끝내 입에 올리지 못한 구절은 이랬다.

아빠, 아빠, 이 개자식.

그 일이 있은 후 여자는 한동안 아버지를 못 본 척했는데 미안해서는 아니었다.

여자는 발길을 돌렸다. 장례식장을 빠져나오자마자 휴대폰을 꺼내 '1' 버튼을 눌렀다. 손이 떨렸다. 너무 길게 눌렀는지 첫번째 단축번호로 연결되고 말았다. 사내의 번호였다. 여자는 황망히 종료 버튼을 누르고 재차 숫자를 누르기 시작했다. 그제야 여자는 알 것 같았다. 난생처음 느꼈던 끔찍한 감정은 모욕감이었다. 진짜 마지막 행에는 한마디가 더 있었다.

아빠, 아빠, 이 개자식. 나는 다 끝났어.

여자는 자신의 인생이 끝장나버린 기분이었다. 아버지가 마지막 숨을 거두면서 여자의 남은 생까지 걷어가버리기라도 한 것처럼.

여자가 다시 전화를 건 곳은 경찰서였다.

* 영시를 낭독하는 대목은 '바람구두(windshoes)'님의 블로그 글에서 영감을 얻었음을 밝힙니다.

작가의 말

다른 작가들은 어떤지 모르겠는데, 내 경우 소설집을 묶어낼 때 제목 뽑기 다음으로 머리를 쥐어뜯게 되는 대목은 수록 순서다. 목차로라도 모든 걸 만회해보려는 마지막 몸부림이랄까. 이번엔 마침 아홉 편이라 타선을 짜는 야구 코치의 심정이었다.

첫 타자 초구부터 담장을 넘겨버리는 1번, 스물아홉 번의 커트 끝에 볼넷을 얻어내고야 마는 2번, 배트를 거꾸로 쥐고도 안타를 뽑아내는 3번, 우중간을 가르는 빨랫줄 타구로 주자를 모두 불러들이는 4번…… 열 점 차 리드에서 시즌 첫 홈런을 쳐버리는 9번까지 한달음에 정할 수 있었다면 좋았겠지만 현실은 그렇지 못했다.

1번은 초구에 포수 플라이 아웃, 2번은 삼 구 만에 스탠딩 삼진, 제 타구로 발등을 찧고 들것에 실려 나가는 3번, 파울 홈런만 연

달아 치다 열두 경기 무안타 기록을 이어가는 4번…… 하나같이 8번감 아닌가. 한 점 내기도 녹록지 않아 보이는 게 차라리 축구 코치가 되고 싶은 황망한 기분이었다. 정확히 급습해오는 삶의 모호함과 맞닥뜨린 작중인물들처럼.

기록이며 타격감이며 작두 탄 촉이며 다 동원해본들 스코어보드의 숫자가 바뀌겠나 하는 순간 마음이 텅 빈 다이아몬드처럼 고요해졌다. 아홉 명의 8번 타자들. 나는 연봉순도, 편애하는 순도 아닌, 눈이 마주치는 순으로 한 명 한 명 타석에 세웠다.

돌이켜보면 야구 중계 화면 속으로 팔딱팔딱 끌려들던 내 심장은 8번 타자가 헬멧을 집어들기 무섭게 자연 다큐 채널로 바뀐 듯 본래의 박자를 회복하곤 했다. 8번에게 풀 스윙은 언감생심, 번트라도 제대로 대면 감사할 일. 이 책의 마지막 장을 넘긴 어떤 마음이 홈 플레이트 쪽으로 일 밀리미터나마 가까워진다면 더 바랄 게 없을 것 같다. 이번이 여덟번째 단편집이라는 우연과는 무관한 생각.

2019년 봄
김경욱

| 수록 작품 발표 지면 |

문학동네 소설집
내 여자친구의 아버지들
ⓒ 김경욱 2019

1판 1쇄 2019년 5월 21일
1판 2쇄 2019년 6월 27일

지은이 김경욱
펴낸이 염현숙
책임편집 이성근 | 편집 정은진 김내리 이상술
디자인 김이정 유현아 | 마케팅 정민호 박보람 나해진 최원석 우상욱
홍보 김희숙 김상만 이천희 오혜림
제작 강신은 김동욱 임현식 | 제작처 영신사

펴낸곳 (주)문학동네
출판등록 1993년 10월 22일 제406-2003-000045호
주소 10881 경기도 파주시 회동길 210
전자우편 editor@munhak.com | 대표전화 031) 955-8888 | 팩스 031) 955-8855
문의전화 031) 955-3576(마케팅) 031) 955-8864(편집)
문학동네카페 http://cafe.naver.com/mhdn | 트위터 @munhakdongne
북클럽문학동네 http://bookclubmunhak.com

ISBN 978-89-546-5631-3 03810
* 이 책의 판권은 지은이와 문학동네에 있습니다.
  이 책 내용의 전부 또는 일부를 재사용하려면 반드시 양측의 서면 동의를 받아야 합니다.
* 이 도서의 국립중앙도서관 출판예정도서목록(CIP)은 서지정보유통지원시스템 홈페이지
  (http://seoji.nl.go.kr)와 국가자료공동목록시스템(http://www.nl.go.kr/kolisnet)에서
  이용하실 수 있습니다.(CIP 제어번호: 2019018075)

www.munhak.com